KB238710

잠자는 남자

조르주 페렉 지음

잠자는 남자

조재룡 옮김

문학동네

김호영

한양대학교 프랑스언어문화학과 교수

조르주 페렉 선집을 펴내며

조르주 페렉은 20세기 후반 프랑스 문학을 대표하는 위대한 작가다. 작품활동 기간은 15년 남짓이지만, 소설과 시, 희곡, 시나리오, 에세이, 미술평론 등 다양한 장르를 넘나들며 전방위적인 글쓰기를 시도했다. 1982년 45세의 나이로 생을 마감할 무렵에는 이미 20세기 유럽의 가장 중요한 작가 중 한 사람으로 평가받았다. 시대를 앞서가는 도전적인 실험정신과 탁월한 언어감각, 방대한 지식, 풍부한 이야기, 섬세한 감수성으로 종합적 문학세계를 구축한 대작가로 인정받았다.

　　문학동네에서 발간하는 조르주 페렉 선집은 한 작가를 소개하는 것에서 한 걸음 더 나아가 독자들의 기억에서 어느덧 희미해진 프랑스 문학의 진면목을 다시금 일깨우는 계기가 될 것이다. 특히 20세기 후반에도 프랑스 문학이 치열한 문학적 실험을 벌였고 문학의 새로운 지평을 개척하기 위해 각고의 노력을 기울였다는 사실을 생생히 전해주는 소중한 자산이 될 것이다. 근래에 프랑스 문학이 과거의 화려한 명성을 잃고 적당한 과학상식이나 기발한 말장난, 가벼운 위트, 감각적 연애 등을 다루는 소설로 연명해왔다는 판단은 정보 부족으로 인한 독자들의 오해에서 비롯된 것이다. 지난 세기말까지도 일군의 프랑스 작가들은 고유한 문학적 전통을 이어가는 동시에 그것을 뛰어넘기 위해 다양한 글쓰기를 시도해왔다. 그리고 그 최전선에 조르주 페렉이란 작가가 있었다.

이번 선집에 수록된 작품들, 『잠자는 남자』 『어두운 상점』 『공간의 종류들』 『인생사용법』 『어느 미술애호가의 방』 『생각하기/분류하기』 『겨울여행/어제여행』 등은 페렉의 방대한 문학 세계의 일부를 이루지만, 그의 다양한 문학적 편력과 독창적인 글쓰기 형식을 집약적으로 보여주는 중요한 작품들이다. 이로써 우리는 동시대 사회와 인간에 대한 그의 예리한 분석을, 일상의 공간과 사물들에 대한 정치한 소묘를, 개인과 집단의 기억에 대한 무한한 기록을, 미술을 비롯한 예술 전반에 대한 해박한 지식을 만날 수 있다. 20세기 후반 독특한 실험문학 모임 '울리포Oulipo'의 일원이었던 페렉은 다양한 분야와 장르를 넘나들며 문학의 영역을 확장하는 데 도움이 될 만한 기발한 재료들을 발견했고, 투철한 실험정신을 발휘해 이를 작품 속에 녹여냈다. 그러나 그가 시도한 실험들 사이사이에는 삶의 평범한 사물들과 일상의 순간들, 존재들에 대한 따뜻한 시선이 배어 있다. 이 시선과의 마주침은 페렉 선집을 읽는 또하나의 즐거움이리라.

수많은 프랑스 문학 연구자들의 평가처럼, 페렉은 플로베르 못지않게 정확하고 냉정한 묘사를 보여주었고 누보로망 작가들만큼 급진적인 글쓰기 실험을 시도했으며 프루스트의 섬세하고 예리한 감성을 표현해냈다. 그 모두를 보여주면서, 그 모두로부터 한 발 더 나아가려 했던 작가. 20세기 중반 이후 서구 작가들이 형식적으로든 내용상으로든 더이상 새로운 것을 만들어낼 수 없다는 자조에 빠져 있을 때, 페렉은 아랑곳하지 않고 문학의 안팎을 유유히 돌아다니며 '익숙하면서도 새로운' 무언가를 만들어 독자들 앞에 끊임없이 펼쳐보였다. 페렉 문학의 정수를 담고 있는 이번 선집은 20세기 후반 프랑스 문학이 걸어온 쉽지 않은 도정을 축약해 제시하는 충실한 안내도 역할을 해줄 것이다. 나아가 언젠가부터 새로움을 기대하기 어려워진 우리 문학에도 분명한 지표를 제시해줄 것이다.

폴레트[1]에게
J. P.를 추도하며

---

1 폴레트 페트라Paulette Pétras는 1960년
페렉과 결혼한 여인이다.

일러두기

1. 이 책은 아래의 원서를 한국어로 완역한 것이다.
Georges Perec, *Un homme qui dort*
(Les Édition Denoël, 2010).
2. 여기에 실린 주는 모두 옮긴이주이다.
3. 원서에서 « »나 대문자로 강조된 곳은 고딕체로
표시했고, 콜론과 세미콜론으로 연결된 부분은
그대로 남겨두었다.
4. 단행본이나 잡지는 『 』로, 논문은 「 」로, 영화,
그림, 공연 등은 〈 〉로 표시했다.

네가 집을 나갈 필요는 없어. 네 탁자에 앉아 그저 듣기만 해.
아니, 귀 기울일 필요도 없고, 그저 기다리기만 해. 아니, 기
다리지도 말고, 오롯이 침묵을 지키며 홀로 있기만 해. 그러
면 네가 그 베일을 벗길 수 있도록 세상이 네게 다가올 것이
고, 세상은 달리 할 수 없기에, 경탄해 마지않으며, 네 앞에서
변형되기 시작할 거다.

프란츠 카프카, 『죄, 고통, 희망, 진리의 길에 관한 명상』

차례

네가 눈을 감자마자, 잠의 모험이 시작된다. 방의 저 익숙한 박명薄明에, 세세하게 나뉜 어두운 체적이, 네가 수천 번을 지나다녔기에, 힘들이지 않고서도 네 기억만으로 길을 알아낼 수 있는 그곳에서, 불투명한 사각 창으로부터 그 길들을 되짚어내고, 반사광으로부터 세면대를, 조금 더 명료한 책 한 권의 그림자로부터, 선반을 되살려내면서, 이보다 더 검은, 걸려 있는 옷가지의 뭉텅이가 또렷이 확인되는 그곳에서 이어지고, 얼마간의 시간이 지나자, 네 콧등 위로, 온전한 직각은 아닌 것 같은, 네 두 눈의 두덩 위로 아주 작은 일각一角을 드리울, 또렷한 테두리도 없는 어떤 그림 한 점과도 같은, 얼핏 보아 일률적으로 회색이거나, 색깔도 형태도 없어, 네게는 오히려 무채색으로 보일 수도 있을, 그러나, 재빠르게 형성될 것이 또한 분명한 그런 그림과도 같이, 이차원의 공간 하나가, 최소한 두 가지 특징을 지니면서 나타난다: 첫째는, 네가 다소 힘을 주어 네 눈꺼풀을 깜빡거리는 정도에 따라, 보다 정확히 말해, 네가 눈을 감을 때 네 눈썹 위에서 행해지는 근육의 수축이 네 몸 전반에 평면의 기울기를 변형시키는 것 같은 효과를, 마치 네 눈썹이 네 몸에서 접점을 만들어내기라도 한 것같이, 그리하여, 결과적으로, 아니, 이 귀결이 자명하다는 것 말고는 증명될 수 없을 것 같다고 하더라도, 네가 지각할 어둠의, 밀도 혹은 특질을 변형시키는 효과를 초래하기라도 하는 것처럼, 이 공간이 다소 흐려진다는 점이다; 둘째는, 이 공간의 표면이 전혀 고르지는 않다는 것, 정확히 말해, 그 어둠의 분포나 할당이 균일한 방식으로 이루어져 있지 않다는 점이다: 상부 일대는 딱 보기에도 더 어두우며, 네게 가장 가까워 보일 하부 일대는, 이미, 그리고 명백히, 가까움과 멂, 높음과 낮음, 앞과 뒤의 개념이, 오롯이 구체화되다 말았음에도, 한편으로는, 한층 더 회색인, 말하자면, 네가 믿기 시작한 것과 같은 그런 식으로 한층 더한 무채색이 아니라, 완연히 한결 더한 흰색이며, 다른 한편으로는, 하나나 둘, 혹은 여러 종류의 주머니나 자루를, 섬모가 나 있는 좁은 눈가에서, 또한 그 눈가의 안쪽에서, 지극히 새하얀, 어떤 때는 매우 가는 줄무늬 비슷해서 극히 얇고, 어떤 때는 애벌레처럼, 적당히 두툼하고, 통통하다 할 정도의 섬광들이, 흔들리고, 동요하고, 배배 꼬이면서, 예를 들어, 눈물샘 하나를 너로부터, 만들어낼 것이라는 생각을 얼마간 간직하거나, 더러는 떠받쳐주기도 한다. 이 섬광들은, 비록 섬광이란 용어가 완전히 적절하다고까지 말할 수는 없겠지만, 주시하는 게 불가능하다는 기묘한 미덕을 갖추고 있다. 네가 더러 지나치다 할 정도로 그 섬광들에 집중하자마자, 그러니까, 그렇게 하지 않기란 거의 불가능에 가까울 텐데, 왜냐하면 결국에 가서는 그 섬광들이 네 앞에서 춤을 출 테고, 그리하여 나머지 전부가 가까스로 존재하게 될 것이기 때문이며, 사실상 네 눈썹의 접점이나 어둠이 불규칙하게 펴져 있는, 다소 지각이 가능한 이 몹시도 희미한 이차원 공간만큼이나 정말로 민감한 것은 존재하지 않을 것이며, 그럼에도 네가, 이 섬광들, 비록 이 낱말이 아무것도 의미하지 않음에도, 이 섬광들을 바라보자마자, 네가, 예를 들어, 더러 그것의 형태에서든, 더러 그것의 실체에서든, 더러 어떤 세세한 것에서든, 다소간의 무엇이나마 확보하려 애를 쓰자마자, 너는, 창문 앞에서, 다시 장방형이 되고 마는 이 불투명한 직사각형 앞에서, 이 자루 혹은 이 자루들이 그 창

문과 전혀 닮지 않음에도 불구하고, 두 눈을 뜬 상태로, 다시 너 자신
을 되찾을 거라고 확신을 할 수 있는 것이다. 섬광들은, 반면, 다시 나
타나고, 또한 그 섬광들과 더불어 공간은 네 눈썹 위로 얼마간 분절
되고 기울어지며, 네가 눈을 다시 감은 지 또 얼마 지나지 않아서, 사
실이라도 되는 양, 섬광들은, 단 한 차례도, 모습을 바꾸지 않는다. 너
는, 그러나, 이 최후의 점點을 전적으로 확신할 수는 없는데, 까닭인즉
슨, 어렵사리 감지해낸 이 시간이 조금 지난 후에, 또한 그 무엇도 그
것들이 실제로 사라졌다고 네가 확신하게끔 해주는 것은 없다고 하
더라도, 너는 그것들이 현저히 희미해졌다는 사실을 인정할 수 있기
때문이다. 너는 지금, 네 눈썹을 다소 풀어지게 하는 늘 똑같은 이 공
간에, 그러나, 말하자면, 일관되게 좌측으로 기울어졌다고 할 만큼 일
그러지기도 한 공간에 귀속되어, 일종의 줄무늬 진 그리자유[2]를 상대
하고 있다; 말하자면, 네 전신을 뒤집지 않고서도, 즉각적으로 잠에서
깨어나는 짓 따위를 유도하지 않고서도, 너는 그 공간을 주시하고, 또
한 탐구할 수 있겠지만, 그러나 이는 완전히 관심 밖의 일이다. 나무
판자 같은 무언가가, 다소 뒤에, 다소 위에, 다소 우측에 있지만, 이 경
우, 나타난 것은, 우측 위에서이다. 이 나무판자는 물론 보이지 않는
다. 너 자신의 몸이기도 한 몹시 물렁물렁한 무언가의 위에 마침 네가
있기 때문에, 네가 시트가 아님에도 불구하고, 너는 오로지 그 나무판
자가 단단하다고만 알고 있을 뿐이다. 바로 그때 아주 놀라운 어떤 현
상이 하나 생겨난다: 그러니까, 우선 그 무엇도 너를 헛갈리게 할 수
는 없을 세 개의 공간이 생겨나는데, 물렁물렁하고, 수평이며, 또 하
얀, 너의 몸-침대, 그다음으로, 회색에다 공소하며, 비스듬히 기울어
진 공간을 진두지휘하는 네 눈썹, 마지막으로, 너와 평행을 이루고 또
어쩌면 다가갈 수도 있을, 고정되어 있으며, 그 윗부분이 매우 딱딱한
나무판자 말이다. 예컨대, 이것 이상으로 확실한 것은 없다고 할 정
도로, 네가 나무판자 위로 올라가면, 네가 잠을 자리라는 것, 나무판

---

2 grisaille. 회색으로 명암만을 조절하여 그림을
그리는 기법.

자, 그것이 바로 잠이라는 사실은 확실한 것이다. 모든 게 네게 많은 시간이 필요할 거라고 생각하게 만들지라도, 작동 원리는, 이보다 더 간단할 수는 없다, 이다: 그것은 침대를, 몸을, 하나의 점이나, 하나의 구球가 될 때까지, 혹은 동일한 것으로 귀결될 때까지, 이 둘을 환원 시켜야 한다는 것, 몸의 물렁물렁한 것 일체를 줄여나가야만 한다는 것, 그러니까, 오로지 하나의 장소, 예를 들어, 허리의 척추뼈 같은 어느 한 부위에 집중시켜야만 한다는 것이다. 그렇지만, 그 순간, 몸은 방금 전의 그 명료한 일체감을 더이상 드러내지 못할 것이며, 실제로, 몸은 사방으로 늘어진다. 너는 네 엄지발가락을, 혹은 네 엄지손가락을, 혹은 네 허벅지를 중앙으로 끌어모아보려고 시도하겠지만, 그때마다 매번, 네가 잊어버리게 되는 어떤 규칙이 있는데, 그것은 나무판자의 딱딱함을 결코 등한시해서는 안 된다는 것, 그것은, 아무것도 의심하지 않은 상태에서, 또한 너 자신마저 확실히 그것을 모르는 상태에서, 약삭빠르게 처리해야만 하고, 네 몸을 옮겨다놓아야만 했었다는 것인데, 하지만 너무 늦었다, 이미 오래전부터, 매번 너무 늦은 것이며, 또한, 기묘한 결과로, 네 눈썹은 둘로 쪼개지고, 중앙에서, 네 두 눈 사이에서, 마치 접점이 몸 전체를 붙들어매고 있었다는 듯, 마치 이 접점의 힘이 이곳으로 모이기라도 한 듯, 두통 가운데에서도 가장 평범한 상태라고 네가 즉시 알아차릴, 의심할 여지 없이 의식하게 되어버리는, 또렷한 통증 하나가 갑작스레 생겨난다.

너는, 웃통을 벗은 채, 피자마 하의만을 입고서, 네 하녀의 골방[3]에서, 네가 침대로 사용하는 폭 좁은 장의자長椅子 위에 앉아 있는데, 네 무릎 위에는, 백십이 페이지가 펼쳐진, 레몽 아롱의 『산업사회 강론』이라는 책이 하나 놓여 있다.

그것은 우선, 네가, 아주 오래전부터, 몇 시간 전부터, 이제 막 통증이 시작되었을 뿐이지만 그럼에도 견디기 힘들게 저릿저릿한, 어떤 잠행성潛行性 불안감의 먹이가 된 것을 네가 갑작스레 알아차리기라도 한 것만 같은, 근육도 뼈도 없는 상태가 된 것만 같은, 석고 부대들 사이에 놓인 하나의 석고 부대가 되기라도 한 것만 같은, 부드러우면서 질식할 것 같은 느낌을 불러일으키는 일종의 무력감이자 피로일 뿐이다.

태양은 지붕의 얇은 아연판 조각들 위를 내리쬐고 있다. 바로 네 앞에, 네 두 눈 높이로, 흰 나무 선반 위에, 절반가량 비워진, 조금 더러운, 네스카페 한 잔이, 바닥이 거의 드러난 설탕상자 하나가, 희끄무레한 반투명 판촉용 유리 재떨이에서 타들어가고 있는 담배 한 개비가 있다.

누군가 옆방에서 왔다갔다하고, 기침을 내뱉고, 발을 질질 끌고, 가구를 옮기고, 서랍들을 연다. 층계참의 수도꼭지에서는 물방울이 연달아 떨어진다. 생토노레 거리의 소음이 저 아래에서 차올라온다.

---

3 대개 건물의 맨 꼭대기에 위치한, 예전에 하녀들이 주로 사용하던 방. 드나드는 계단과 출구가 따로 마련되어 있다.

생로크 교회의 종탑에서 두시 종이 울린다. 너는 눈을 치켜뜬다, 너는 독서를 멈춘다, 그러나 너는 벌써 오래전부터 더이상 책을 읽고 있던 게 아니었다. 너는 펼쳐진 책을 장의자 위, 네 바로 옆에 내려놓는다. 너는 손을 내뻗는다, 너는 재떨이에서 연기를 피워올리고 있는 담배를 짓이겨 끈다, 너는 네스카페 잔을 마저 비운다: 겨우 온기가 느껴질 뿐이고, 지나치게 달며, 약간 쓰다.

너는 땀에 흠뻑 젖어 있다. 너는 몸을 일으킨다, 너는 창문을 닫으러 간다. 너는 초소형 세면대의 수도꼭지를 튼다, 너는 젖은 목욕 장갑으로 네 이마며, 네 목이며, 네 어깨를 닦아내린다. 양팔과 두 다리를 웅크린 채, 너는 폭 좁은 장의자에 모로 눕는다. 너는 두 눈을 감는다. 네 머리는 무겁고, 두 다리는 저릿저릿하다.

얼마 후, 네 시험 날이 되고 너는 몸을 일으키지 않는다. 이것은 일부러 계획한 어떤 동작이 아니며, 게다가 동작이라고 할 것도 없으니, 동작의 부재이거나, 네가 하지 않은 어떤 동작이거나, 네가 하기를 꺼리는 동작이라고 해야 할까. 너는 일찍 잠자리에 들었다, 네 잠은 평화로웠다, 너는 자명종을 켜놨었다, 너는 자명종이 울리는 소리를 들었다, 더위 때문에, 혹은 햇살 때문에, 혹은 우유배달부나 청소부의 소음 때문에, 혹은 기대감 때문에, 미리 깨어 있던 너는, 적어도 몇 분 동안은 자명종이 울리기를 기다렸다.

네 자명종이 울린다, 너는 조금도 꿈쩍하지 않는다, 너는 네 침대에 그대로 머문다, 너는 도로 두 눈을 감는다. 너와 이웃한 다른 방들에서 또다른 자명종이 울리기 시작한다. 너는 물소리를, 문들이 닫히는 소리를, 계단을 서둘러 밟아나가는 발소리를 듣는다. 생토노레 거리는 자동차의 소음들, 타이어 마찰음, 가속 기어를 넣는 소리, 짤막한 경적 소리로 가득 채워지기 시작한다. 덧문이 철커덩거린다, 상인들이 상점의 철문을 걷어올린다.

너는 꼼짝하지 않는다. 너는 꼼짝하지 않을 것이다. 다른 사람, 너를 그대로 빼다 박은 사람, 섬세하고 유령 같은 분신 하나가, 어쩌면, 너를 대신해서, 네가 더이상 취하지 않는 동작들을, 하나하나씩, 해나갈 것이다: 그러니까, 그가 잠자리에서 일어나, 얼굴을 씻고, 면도를 하고, 옷을 입고, 밖으로 나가는 것이다. 너는 그가 계단을 뛰어내려가도록, 거리에서 달음질치도록, 달리는 버스를 재빨리 잡아타도록, 숨을 헐떡거리며, 의기양양한 모습으로, 예정된 시간에 맞추어, 시험장에 도착하도록 내버려둔다. 일반사회학 고등교육 자격증. 제일차 필기시험.

너는 너무 늦게 일어난다. 그곳에는, 공부에 골몰하거나 지루해하는 대가리들이 깊은 사념에 잠긴 듯 책상에 몸을 숙이고 있다. 필경 염려로 가득할 네 친구들의 시선들이, 비어 있는 네 자리로 몰려들 것이다. 너는 넉 장이나, 여덟 혹은 열두 장의 종잇장에다, 네가 알고 있는 것, 네가 생각하고 있는 것, 양도에 관해서, 노동자들에 관해서, 현대성과 여가생활에 관해서, 흰 와이셔츠 깃이나 자동화 시스템에 관해서, 타인에 대한 인식에 관해서, 토크빌의 라이벌 마르크스[4]에 관해서, 루카치의 맞수 베버에 관해서, 숙고해야만 한다고 네가 알고 있는 것들을 늘어놓지는 않을 것이다. 어쨌든, 네가 대단한 것을 알고 있는 것은 아니며, 또 네가 아무런 생각도 하지 않는다는 점을 고려해보면, 결국 너는 아무것도 말하지는 않았을 것이다. 네 자리는 빈 채로 있다. 너는 네 학사과정을 끝마치지 않을 것이다, 너는 단연코 학위에 대비하지 않을 것이다. 너는 학업을 더 진행하지 않을 것이다.

너는, 여느 날과 마찬가지로, 네스카페 한 잔을 준비한다; 너는, 여느 날과 마찬가지로, 당분이 농축된 연유 몇 방울을 그 커피에 넣는다. 너는 씻지 않는다, 너는 고작 옷만 걸치고 있을 뿐이다. 너는 분홍색 플라스틱 대야에 양말 세 켤레를 담근다.

4 레몽 아롱의 『산업사회 강론』의 제2강
「토크빌과 마르크스」의 장을 변형시켰다.

너는 수험생들의 통찰력 테스트를 위해 제출된 문제를 따져물으러 시험장의 출구로 가지 않는다. 너는, 여느 날과 마찬가지로, 습관이 널 이끄는 대로 갔던, 그러나 이례적으로 중차대하다 할 이날에 더 유별나게 네 친구들을 찾겠다고 카페에 가지는 않는다. 네 친구들 중 한 명이, 그다음 날 아침, 네 방으로 이르는 칠층 계단을 밟을 것이다. 너는 충계를 오르는 그의 발소리를 알아챌 것이다. 너는 그가 네 방문을 두드리고, 기다렸다가, 좀더 세차게 한번 더 두드리고, 네가 빵이나 커피, 담배나 신문, 혹은 편지 따위를 찾으러 내려가느라 잠시 비우곤 했던 몇 분간을 위해 네가 자주 열쇠를 놓아두던 문틀 위에서 네 열쇠를 찾도록, 좀더 기다렸다가, 좀더 약하게 두드리게, 낮은 목소리로 네 이름을 부르게, 망설이게, 그러고는 무거운 발걸음으로 도로 내려가도록, 그를 내버려둘 것이다.

그는 나중에 되돌아와, 쪽지를 방문 아래로 밀어넣었다. 그러자, 그다음 날에, 다음다음날에, 또다른 친구들이 왔고, 문을 두드렸고, 열쇠를 찾았고, 이름을 불렀고, 쪽지를 밀어넣었다.

너는 그 쪽지들을 읽고, 너는 그것을 공처럼 구겨버린다. 사람들은 네가 이행하지는 않을 약속 따위를 그 쪽지에 정해놓는다. 너는 목덜미 뒤로 양팔을 두르고, 두 무릎을 곧추 세운 채, 폭 좁은 장의자에 늘어져 있다. 너는 천장을 쳐다보고 또한 거기서 균열을, 편린을, 얼룩을, 돌출부를 발견한다. 너는 그 누구를 만나거나, 말을 나누거나, 생각을 하거나, 외출을 하거나, 움직이고 싶은 마음이 없다.

무언가가 잘못되었다는 것을, 경박하게 말해, 네가 사는 법을 알지 못한다는 사실을, 네가 결코 알지 못하리라는 사실을, 네가 별달리 놀랄 것도 없이 알아차리게 된 것은, 얼마간 늦은, 조금은 이른, 여느 날과 매한가지인 어느 날에 이르러서이다.

태양이 양철 지붕 위를 내리쬔다. 골방 안은 견디기 힘든 열기로 가득하다. 너는, 장의자와 선반 사이에 끼어, 무릎 위에 책을 펼쳐놓은 채 앉아 있다. 너는 오래전부터 책을 더는 읽지 않는다. 네 두 눈은 흰 나무 선반에, 양말 여섯 개가 쑤셔박혀 있는 분홍색 플라스틱 대야에 고정되어 있다. 재떨이에 아무렇게나 꽂혀 있는 네 담배의 연기가 직선으로, 아니 거의 직선을 그리다시피 타오르고, 미세한 틈 자국이 나 있는 천장 아래에 불안정한 지대를 만들며 퍼져 있다.

뭔가가 무너지고 있었다, 뭔가가 무너져버렸다. 너는 더이상—뭐라고 하는 게 좋을까?—지속된다는 느낌을 받지 못한다: 그러니까, 네게 그렇게 보였던, 네게 그렇게 보이는, 그때까지 네게 위안이 되었던, 네 가슴을 뜨겁게 달구었던 어떤 것, 네 존재, 네 중요성에 준하는 무엇인가에 대한 자각, 세계에 속해 있다는, 그곳에 몸을 담고 있다는 느낌이 네게서 빠져나가기 시작한다고 해야 할까.

너는 그럼에도 불구하고 자신들의 존재와 그 이유를, 자신들이 어디에서 왔는지를, 자신들이 누구인지를, 자신들이 어디로 가고 있는지를 스스로에게 묻느라 불면의 시간을 보내는 그런 부류의 사람은 아니다. 너는 단 한 번도 진지하게 달걀이 먼저인지 닭이 먼저인지에 대해 의문을 제기해본 적이 없었다. 형이상학적 근심거리들은 네 그 고결한 얼굴에 제 칼자국을 또렷하게 남기지 않았던 것이다. 그러나, 그 무엇도, 저 화살의 궤적으로부터, 네가 있었던 곳에서 전방을 향하는 이 운동으로부터, 네 삶을, 다시 말해 네 감각을, 네 진실을, 네 긴장감을 깨닫도록 초대되었던, 저 줄기찬 시간으로부터, 남겨지는 것이라고는 아무것도 없다: 풍부한 경험, 단단히 붙들어놓은 교훈, 어린 시절의 찬란한 추억, 전원의 눈부신 행복감, 생기를 불어넣는 바닷가 바람으로 충만한 어떤 과거, 용수철처럼 압축되고, 꽉 들어찬, 응어리진 어떤 현재, 자비롭고, 청청하며, 시원스레 뚫린 어떤 미래 같은 것들로부터도. 네 과거, 네 현재, 네 미래가 뒤섞인다: 그것은 오로지 네 사지의 육중함, 네 잠행성 두통, 네 무기력, 네스카페의 온기, 쓴

맛, 그리고 미지근함이다. 또한, 네 삶에 장식이 필요하다면, 그것은 정복자 인류, 두 볼이 토실토실한 아이들이 맘껏 뛰놀고 날아오르는 저 장엄한 광장(대개는, 전망의 스펙터클한 환영 따위)이 아니라, 네가 기울일 약간의 노력, 네가 여전히 달래고 가라앉힐 다소간의 환상이며, 그것은 네가 방으로 쓰고 있는 바로 이 창자같이 후미진 다락, 길이 이 미터 구십이 센티미터에 너비 일 미터 칠십삼 센티미터의, 달리 말해 오 제곱평방미터를 조금 넘길까 말까 하는, 바로 이 볼품없는 다락방 둥지, 몇 시간 전부터, 며칠 전부터, 네가 다시는 꿈쩍거리려고도 하지 않는 바로 이 지붕 밑 고미다락이다: 밤에, 네 키에 맞추어 맘껏 눕기에는 지나치게 짧고, 조심성 없이 그냥 돌아눕기에는 지나치게 폭이 좁은 장의자에 너는 앉아 있다. 지금 너는 넋이 나가 다시피 한 눈길로, 양말 여섯 개가 푹 담겨 있지는 않은 분홍색 플라스틱 대야를 바라본다.

너는 먹지도 않고, 읽지도 않고, 거의 꼼짝하지 않고, 네 방에 머문다. 너는 대야를, 선반을, 네 무릎을, 금이 간 거울에 비친 네 시선을, 사발 하나를, 전기 스위치를 바라본다. 너는 거리의 소음에, 층계참 수도꼭지의 물방울 소리에, 네 옆방 남자의 소음에, 그의 목 끓는 소리에, 그가 서랍을 여닫는 소리에, 간헐적인 그의 기침 소리에, 그 집의 주전자가 쉭쉭 끓어대는 소리에 귀를 기울인다. 너는, 천장 위에서, 가는 균열의 구불구불한 선을, 한 마리 파리가 그려보이는 하릴없는 노선을, 가까스로 가늠할 수 있는 그림자들이 번져나가는 모습을 쫓고 있다.

이것이 네 삶이다. 이것이 너에게 속해 있는 것이다. 너는 네 빈약한 재산을 구성하는 정확한 목록을, 네 첫 사반세기 삶의 대차대조표를 상세히 작성해볼 수도 있다. 너는 스물다섯 살이고, 스물아홉 개의 이빨을 갖고 있으며, 셔츠 세 장과 양말 여덟 개와, 네가 더이상 읽지 않는 책 몇 권과, 네가 더이상 듣지 않는 음반 몇 장을 갖고 있다. 너는 네 가족도, 네 학업도, 네 사랑도, 네 친구들도, 네 휴가도, 네 계획도, 다른 어느 것도 기억해내고 싶은 마음이 없다. 너는 여행을 했고 너는 네 여행에서 그 무엇도 가져오지 않았다. 너는 앉아 있으며 너는 오로지 기다리기만을, 단지 더이상 기다릴 것이 남지 않게 될 때까지 기다리기만 원한다: 밤이 오고, 시간이 울리고, 세월이 흘러가고, 추억들이 희미해지기만을.[5]

너는 네 친구들을 다시 보지 않는다. 너는 네 방문을 열지 않는다. 너는 네 우편물을 찾으러 아래로 내려가지 않는다. 너는 교육학연구소의 도서관에서 빌려온 책들을 반납하지 않는다. 너는 네 부모에게 편지를 쓰지 않는다.

너는, 쥐나 고양이, 괴물 들처럼, 밤이 되어서야 비로소 밖으로 나간다. 너는 거리를 배회하고, 그랑 불르바르의 꼬질꼬질한 몇몇 소극장 안으로 흘러들어간다. 가끔, 너는 밤새도록 걷는다; 가끔, 너는 하루 종일 잔다.

너는 한량이고, 몽유병환자고, 멍텅구리다. 시간에 따라, 세월에 따라, 그 정의야 바뀌겠지만, 의미는 십중팔구 명확한 상태로 남는다: 너는, 살기 위해, 행동하기 위해, 제작하기 위해, 너 자신이 존재하는 것은 결코 아니라고 느낀다; 너는 오로지 지속되기만을 원한다, 너는 오로지 기다림과 망각만을 원한다.

현대 생활은 대개 이러한 태도들을 그다지 높게 평가하지 않는다: 너는, 네 주위에서, 예나 지금이나, 행위를, 원대한 계획을, 열정을 중시하는 바를 목격하였다: 앞으로 몸을 내민 인간, 지평선 너머로 시선을 붙들어맨 인간, 제 앞을 똑바로 주시하고 있는 인간을. 명쾌한 시선, 의지를 한껏 머금은 아래턱, 확신에 찬 발걸음, 힘을 잔뜩 준 아랫배. 끈기나, 솔선수범이나, 눈부신 공적이나, 승리는 지나치게 모범적인 어떤 삶에 있어 지나치게 투명한 길을 내고, 생존경쟁에 있어 지

---

5 기욤 아폴리네르의 「미라보 다리」(1912)의
후렴구, "밤이 와도 종이 울려도 세월은 가고 나는
남는다"의 변형.

극히 신성한 이미지를 그려낸다. 오도 가도 못하고 진창에 빠져 허우적거리는 모든 이들의 꿈을 현혹시키는 저 선의의 거짓말들, 그 누구도 주목하지 않는 수많은 사람들의 저 잃어버린 환상들, 지나치게 늦게 당도한 사람들, 길가에 가방을 내려놓고 그 가방 위에 걸터앉아 이마의 땀을 훔쳐내고 있는 사람들. 그러나 너는 변명도, 후회도, 향수도 더는 필요로 하지 않는다. 너는 그 무엇도 되물리지 않는다, 너는 그 무엇도 거부하지 않는다. 너는 앞으로 나아가는 것을 그만두었다, 그러니까, 그것은 네가 앞으로 나아가지 않고 있었다는 뜻이다, 너는 다시 출발하지 않는다, 너는 도착했다, 너는 훗날 해봤으면 하는 게 뭔지도 모른다: 지나치게 무더웠던 오월 어느 날, 무언가가 부서지고, 변질되고, 망가져버리기까지, 대낮—생토노레 거리의 골방이라 결코 밝지는 않지만—에 당나귀 모자[6]처럼 실망스럽고 서글프며 우스꽝스럽고, 가피오[7] 사전 한 권만큼이나 무거운 이 실망스러운 진실이 제 모습을 드러내기까지, 네가 그 흐름을 놓쳐버린 한 권의 책과, 돌연 지나치게 떫어진 네스카페 한 잔과, 양말 여섯 개가 둥둥 떠다니는, 거무튀튀한 물로 가득 채워진 분홍색 플라스틱 대야가, 뜬금없이 서로 합해지는 걸로 충분했고, 충분하다시피 했다: 너는 속행하거나, 너 자신을 방어하거나, 공격을 개시할 마음이 없다.

　네 친구들은 진력이 났으며 네 방문을 더이상 두드리지 않는다. 너는 네가 그들을 마주칠 수도 있을 법한 거리를 더 걷지도 않는다. 너는 가끔씩 네 길에서 우연히 마주치게 되는 사람들의 시선을, 질문들을 회피한다, 너는 그들이 네게 주는 맥주나 커피 따위를 거절한다. 오로지, 밤과, 네 방이 너를 보호해줄 뿐이다: 네가 누워 뭉그적대는 폭 좁은 장의자, 네가 시시각각 다른 것을 찾아내는 천장; 오로지 그랑 불르바르의 인파들 가운데에서, 소음과 빛으로부터, 움직임으로부터, 망각으로부터, 네가 행복해지는 것을 느끼게 되는 그런 밤. 너는 말할 필요도, 욕망할 필요도 없다. 너는, 레퓌블릭 광장에서 마들

6 양쪽에 귀가 달린 당나귀 머리 모양의 모자로, 공부에 게으른 학생에게 씌워주곤 했다.

7 프랑스인을 위한 라틴어 사전을 편찬한 펠릭스 가피오(1870~1937)의 작업에서 발견된 오류와 관련해 빗댄 표현이다. 페렉은 『나는 기억한다』에서 마흔다섯번째로 이 인물을 회상하고 있다.

렌 광장까지, 마들렌 광장에서 레퓌블릭 광장까지, 왔다갔다하는 군중의 물결을 뒤쫓는다.

너는 습관을 갖고 있지 않으며 너는 무언가를 향해 진단을 내릴 마음도 없다. 너를 곤란하게 만드는 것, 너를 뒤흔드는 것, 너를 겁먹게 만드는 것, 그렇지만 이따금씩 너를 흥분에 빠지게 하는 것, 그것은 너의 변신에서 오는 갑작스러움이 아니라, 그와 반대로, 변신이 아니라는, 아무것도 바뀌지 않았다는, 네가 오늘에서야 비로소 그 사실을 알게 되었다 하더라도, 네가 지금처럼 항용 그러했다는, 바로 그 막연하고도 무거운 감정이다: 금 간 거울에 비친, 새로운 네 얼굴이 아니라, 땅바닥에 떨어진 가면들이다, 네 방의 열기가 그 가면들을 녹여버렸다, 무기력이 그것을 벗겨버렸다, 라고 하는 식의. 정도를 걷는 가면들, 저 지독한 확신에 찬 가면들. 스물다섯 해 동안, 오늘이 벌써 냉혹하다는 사실을 너는 전혀 알아채지 못했다는 것인가? 너에게 역사를 대신하는 것 속에서, 단 한 번도 너는 빈틈들을 목도한 적이 없는가? 죽은 시간들, 헛돌고 마는 순간들. 더이상 귀를 기울이지 않으려는, 더이상 보지 않으려는, 침묵하며 꼼짝하지 않은 채 그저 머무르려는, 폐부를 찌르며 사라져버리는 저 욕망들. 미치광이 같은, 고독의 저 망상들. 맹인의 나라[8]에서 방황하는 건망증 환자: 드넓고 공허한 거리들, 냉랭한 불빛들, 네 시선이 훑어내렸을 법한 저 침묵하는 얼굴들. 네가 감염될 일은 절대 없을 것이다.

마치, 참한 어린애에 대한, 성실한 학생에 대한, 진솔한 친구에 대한, 차분히 안심하고 들을 수 있는 네 이야기 속에서, 성장의, 성숙의 명백한, 지나치게 명백한 이 기미들—화장실 문틀 위의 연필 낙서, 졸업장, 긴 바지, 첫 담배, 따끔거리는 면도의 느낌, 알코올, 토요일 밤의 데이트를 위해 신발떨이 아래에 놔두는 열쇠, 총각딱지 떼기, 최초

---

8 이 말은 흔히 '맹인들의 나라에서는 애꾸가 왕이다'라는 라틴 속담을 가리킨다. 성경의 「마태오의 복음서」 15장에서도 "맹인이 맹인을 이끈다면, 모두 구렁에 빠지게 될 것이다"라고 기록되어 있다. 또한 브뤼헐의 그림 제목이자, 허버트 조지 웰스의 1904년 단편 제목이기도 하다.

의 비행, 최초의 주먹질—속에서, 또다른 실 하나가 옛적부터 뻗어나
와 항상 나타나고, 늘 먼 곳에서 당겨와, 이제 다시 찾아낸 네 인생의
익숙한 화폭을, 방기해둔 네 삶의 공허한 장식을, 수면 위로 다시 떠
오른 추억들을, 베일이 벗겨진 진실로부터, 아주 오래전부터 유보해
온 이 회피로부터, 고요 속의 이 외침으로부터 나온 함축적인 이미지
들을, 생기 없이 흐느적거리는 이미지들을, 순백이 되다시피 한, 거의
죽은 것과 매한가지로, 화석이 되다시피 한 노출과다인 사진들을, 짜
내고 있는 것만 같은: 한 줄기 시골길로, 닫혀 있는 덧문들로, 빛바랜
그림자들로, 군 막사에서 앵앵거리는 파리 떼들로, 잿빛 시트로 뒤덮
인 거실로, 빛살에 대롱거리는 먼지 부스러기들로, 다 거덜난 농촌으
로, 일요일의 묘지로, 자동차 산책으로 짜여가고 있는.

어느 목요일 오후, 폭 좁은 장의자에 앉아 있는 남자, 무릎 위에
펼쳐진 책 한 권, 멍한 시선.

너는 고작해야 희뿌연 그림자 하나, 무관심으로 딱딱해진 핵核 하
나, 시선들을 회피하려는 특징 없는 하나의 시선일 뿐이다. 굳게 다문
입술, 광채 없는 두 눈, 너는 이제부터 네 느려터진 삶에서 새어나오
는 반사광을, 물웅덩이에서, 창유리에서, 자동차의 반짝거리는 차체
위에서, 찾아낼 줄도 알게 될 것이다.

방심한 네 손이 흰 나무선반을 따라 미끄러진다. 층계참의 수도
꼭지에서 물방울이 떨어진다. 네 이웃은 잠을 자고 있다. 정거장의 디
젤 택시에서 뿜어내는 미약한 헐떡임이 거리에 침묵을 깨는 것 이상
으로 도드라진다. 망각이 네 기억 속을 파고든다. 아무 일도 일어나지
않았다. 더이상 그 어떤 일도 일어나지 않을 것이다. 천장의 균열들이
가능할 것 같지 않은 미로 하나를 그려낸다.

이런 공허한 나날들이 있었고, 가마솥 안에 있는 것처럼, 화덕 속

에 있는 것처럼, 네 방에는 열기가 있었고, 네 양말 여섯 개가, 물컹거리는 상어들처럼, 잠든 고래들처럼, 분홍색 플라스틱 대야 안에 있었다. 네 기상 시간에 맞춰 울리지 않았던, 울리지 않는, 울리지 않을 그 자명종. 너는 장의자 위에, 네 곁에다가, 펼쳐진 책을 내려놓는다. 너는 몸을 펴고 길게 눕는다. 모든 것이 둔탁함, 윙윙거림, 무기력이다. 너는 너 자신을 미끄러지게 내버려둔다. 너는 잠 속으로 빠져든다.

우선 친숙하거나 강박적인 이미지들이 몇몇 있다; 단 한 번도 원하는 대로 정리하지 못한 채, 네가 끊임없이 들었다 놨다 하는, 이 배열을 성공해서 끝마칠 필요가 있다는 생각에 이내 불쾌해지고 마는 인상과 더불어, 마치 그렇게 정리함으로써 중요한 진실이 폭로되기라도 하는 것처럼 네가 생각하는, 저 늘어놓은 카드들, 하지만 네가 끊임없이 들었다 내려놓고, 내려놓았다가 다시 집어들고, 분류하고 다시 또 분류하는 것은 늘 똑같은 카드다; 올라오고 내려가는, 오고가는 인파와도 같은[9]; 너를 둘러싸고 있는, 네가 그 비밀스러운 출구를, 내벽을 회전시키고 천장을 사라지게 할 감춰진 버튼을, 찾아내게 될 벽이나 다름없는; 윤곽이 드러나는, 교묘하게 없어지고, 되돌아오는, 또 사라지는, 서로 다가가고, 희미해지는 모양들, 춤추는 불꽃들, 혹은 여인들, 그림자놀이.

늦게라도, 더는 한 갈래로 뻗어나가지 못하는 기억들, 더이상 아무것도 증명해내지 못하는, 그게 아니라면, 필경, 애버딘[10]의, 인버네스[11]의 천문대가 원거리 항성들에서 오는 신호를 잡아내는 데 실제로 성공했다는 증거들일: 과연 안드로메다 성운[12]이었던가, 골과 뷔르다크[13] 별자리였던가? 아니면 대뇌 사구체四丘體의 핵이었던가? 끊임없

---

9 단테의 『신곡』 제17장, "거리에서 올라갔고 내려갔던, 오고갔던"이라는 구절을 차용했다.
10 스코틀랜드의 항구도시.
11 스코틀랜드의 항구도시로, 페렉이 1959년 바캉스를 보낸 곳.

12 육안으로 볼 수 있는 유일한 성운.
13 이런 성좌는 존재하지 않는다. 신경생리학에서 골과 뷔르다크의 핵을 구분하고 있으며, 골과 뷔르다크는 각각 척추뼈 부근의 신경으로, 이 부위를 발견한 생리학자의 이름에서 연유했다.

이 너를 몰두하게 만들었던 문제에 대한 명백하고도 즉각적인 해답: 나무마개가 곧게 펴지지 않으면 기사騎士는 결코 진정한 주인이 아니다[14] 따위. 복잡하게 뒤엉킨 의미를 함축하고 있는, 앞뒤가 들어맞지 않는 낱말들이 큰 원을 그리며 네 주위를 뱅뱅 돌고 있다. 어떤 남자가 또 어떤 카드의 성城에 갇혀 있는가? 어떤 맥락에서? 어떤 법칙이?

명확하고, 논리적이어야 한다. 조리 있게 행동하기. 주어진 순간에, 기어이 멈출 줄 알고, 숙고할 줄 알고, 상황을 가늠할 줄 알아야 한다. 네 머릿속 한복판에, 사실임 직할 뿐만 아니라, 평범하고, 또한 조심성 없이는 확신할 수조차 없는 호수가 하나 있는데, 네가 그것을 붙잡으려면 다소 시간이 필요할 것이다. 오솔길은 없고, 오솔길은 있어본 적조차 없고, 그리하여, 가장자리 부근에서, 한 해 중 이 시기에는 늘 해로운 풀들을, 너는 조심해야만 할 것이다. 물론 쪽배도 없을 것이며, 쪽배가 없다는 것은 거의 확실하며, 그럼에도 너는 헤엄쳐 건널 수 있다.

조금 지나니, 당연히, 호수는 거기에 있었던 적조차 없었다. 호수가 있었던 적조차 없었다는 사실을 너는 완벽하게 기억한다. 그럼에도, 이미 오래전부터, 잠은 네 앞에, 단 한 번도 그랬던 적이 없었을 정도로 바로 네 가까이에 있다. 잠은 익숙한 제 형태를 갖고 있다: 구球, 아니 오히려 거품, 커다란, 물론 아주 커다랗고 투명하지만, 유리로 된 것은 아닌 거품, 그것은 오히려, 아주 단단하고, 전혀 미끈거리지 않으며, 절대로 부서지지 않는 비누로 만들어진 거품이거나, 그게 아니라면, 필경, 아니, 오히려, 대단히 예민하고, 몹시 팽팽한 피부로 만들어진 거품일지도 모른다. 그와 같은 거품의 모든 특징이 거기에 있어, 네가 이 구슬방울에 대해 알려고 그 특징을 일일이 찾아보기까지 할 것까지는 없고, 이것은 또 당연한데, 그러니까, 그 특징들을 열거하는 것만으로도 충분한 것이다: 위쪽에서는 거품이 붉어지고, 정면

14 코펜하겐 대학의 존 페데르센은 페렉의 이 문장을 꿈과 관련된 기술이라고 지적한다. 독자들이 '나무마개'가 무엇이고 그것이 어떻게 펴진다는 것인지에 대해 정확한 의미를 포착할 수 없다는 점에서, 속담의 형태를 빌려왔을 뿐이라는 것이다: John Pedersen, "Histoires per excellence: une lecture *Un homme qui dort*," in *G. Perec et l'histoire*, Actes du colloque international à l'université de Copenhague du 30 avril au 1er mai 1998, *Etudes Romanes* n°46, Museum Tusculanum Press, 2000.

에서는 거품이 껍질을 벗고 있고, 측면에서는 약하게 숨을 쉬려 한다는 저 특징 따위; 그 외의 나머지는, 네가 돌돌 말고 있으며, 네 검지와 네 오른손 엄지가 만들어내는 고리에 특별히 힘주지 않고서도 네가 가한 압력 덕택에 네가 고정되고 마는, 베개에 속하는 것이다.

이제부터 그것은 훨씬 더 어려워진다. 우선, 거품이 속임수였다는 것이 명백해지기 시작한다; 거품 방울이 구球이기는커녕 오히려 물고기 모양, 즉 방추형이라서; 그다음으로, 그 반투명성이 아주 하잘것없으며, 베개의 그것보다 전혀 나을 것도 없는 특성에 속한다는 사실 때문에; 마지막으로, 그리고 특히나, 거품의 위쪽이 연붉어지고 있는 중은 전혀 아니라는 점 때문에. 필경 확실하게 존재했었던 것이라면, 그것은 아주 빠르게 늘어난 거품 방울의 박리剝離와, 그리고 또, 미약하게 시작하지만 이내 증폭된 호흡일 것이다. 그러나 가장 난처한 점은, 급속히 상승하고 또한 더이상 지체하지 않고서 단박에 위험수위에 이르게 될, 전체의 온도이며, 점점 수를 늘려가는 박피剝皮의 온도는 전조를 확실하게 알려오는 신호이기도 하다.

상황이 불편해진다. 너는, 심지어 사실도 아니었던, 이런 세세한 부분에 주의를 기울이는 오류를 범했다; 명백히, 그것은 그저 함정일 뿐이었고, 그리고 이제 너무 덥고 또 너무 컴컴해서 거기서 벗어나려면 어떻게 해야 할지, 근심 속에서 자문해보는 수밖에 없는 너는 네 베개 안에 꼼짝없이 갇혀 있다. 다행히, 이와 같은 상황에 네가 처한 것이 이번이 처음은 아니다; 그러니까, 너는, 지평선에서 돌출된 땅을, 혹은 어둠 속의 한줄기 빛을, 호수를, 혹은 네가 미끄러질, 단지 미끄러지는 놀라운 기분을 체험하게 될 어떤 시원한 장소를 발견하기만 하면 된다는 사실을 알고 있는 것이다. 그러나 네가 아무리 찾아본들, 달랑, 검고, 두툼하고, 질식할 것만 같은 베개 하나가 있을 뿐, 네 앞에는, 지평선도, 빛줄기도, 호수도, 그 밖의 그 무엇도 존재하지 않는다. 그렇다고 해서, 네가 놀랄 리는 없다, 너는 어느 정도는 각오했었다. 너는 네 뒤를 살펴볼 것이며, 물론, 그 즉시, 네가 진짜로 갇혀 있었던 것조차 아니었다는 사실을, 이렇게 지나온 저 모든 시간 동안에, 잠이, 진정한 잠이, 바로 네 뒤에 있었다는 사실을, 네 앞이 아니라, 바로 네 뒤쪽에서, 제 기나긴 잿빛 해변과, 제 얼어붙은 지평선과, 희거나 회색빛을 가로지르는 제 검은 하늘과 함께 아주 훌륭히 분간될 수 있었다는 사실을 너는 알아챈다. 너는 단숨에 그 잠의 기미를 포착하고, 즉각 그 잠을 인식하지만, 언제나 그런 것처럼, 잠에 이르기에는 너무 늦어버린 것이다; 잠은 다음 기회로 미루어질 것이다. 너는 이 사실 또한 알고 있었으며, 그게 아니라면, 너는 이러한 사실을 예상했어야만 했다: 어떤 일이 있어도 돌아눕지 말아야 하며, 어쨌든 갑작스레 몸의 방향을 바꾸어서는 또 안 되며, 그렇게 하지 않으면, 모든 것은 뒤엉켜 엉망으로 망가져버릴 것인지라, 네 베개가 떨어져나가고, 네 뺨으로부터 사라져, 네 팔뚝이나, 네 집게손가락이나, 네 두 발이 차례로 제 균형을 잃게 되는 것이다: 회색 환기창이 너와 그다지 멀지 않은 곳에서 제 자리를 되찾는다, 이 다락 움막이 다시 형태를 갖추며 이내 닫혀버린다, 너는 네 장의자 위에 걸터앉아 있다.

얼마간의 시간이 흐른 후, 너는 파리를 떠난다; 너는 무작정 출발하지 않는다, 옥세르 부근, 시골의 네 부모 집으로 떠난다. 그곳은 그들이 은퇴한 이후에 정착한, 다소 생기를 잃은 마을이다. 너는 유년시절의 몇 년간을, 몇 번의 휴가를 그곳에서 보냈다. 요새로 꾸며진 성의 잔해가 언덕 위에 잔존하고, 그 발치에 마을이 펼쳐져 있다. 거기서 멀지 않은 곳에, 아직도 방문이 가능한 동굴이 하나 있는데, 어떤 축복받은 자가 거기에 살았었는지도 모른다. 광장에, 교회 근방에, 수백 년은 되었다고 말해온 나무 한 그루가 있다.

너는 그곳에서 몇 달간을 머문다. 식사 시간에, 당신들은 뉴스나 라디오의 퀴즈 프로그램을 듣는다. 저녁에, 너는 네 아버지와 블로트 게임[15]을 하고, 네 아버지가 이긴다. 아홉시가 되자마자, 너는 네 부모보다 일찍감치 잠자리에 든다. 너는 이따금 밤을 새워가며 책을 읽기도 한다. 너는 네 방이나, 다락방에서, 옷장의 저 깊숙한 구석에서, 열다섯 살 무렵의 네 책들, 알렉상드르 뒤마의, 쥘 베른의, 잭 런던의 그것을, 그리고 머물 때마다 가져오곤 했던 추리소설들을 다시 찾아내었다. 마치 네가 이 책들을 완전히 잊어버린 것처럼, 마치 네가 단 한 번도 이 책들을 온전히 읽어본 적이 없는 것처럼, 너는 한 줄도 빼놓지 않고 이 책들을 공들여 다시 읽는다.

15 1960년대 당시 프랑스에서 가장 대중적인 카드 게임의 하나로, 서른두 장을 사용한다.

너는 네 부모와 거의 대화를 나누지 않는다. 너는 식사 시간 이외에는 그들을 따로 볼 일이 없다. 아침마다 너는 침대에서 뒹굴거린다. 너는 그들이 집에서 왔다갔다하고, 계단을 오르락내리락거리고, 기침을 내뱉고, 서랍을 여는 소리를 듣는다. 네 아버지는 나무를 톱질한다. 이동식 식료품상이 대문 근처에서 클랙슨을 울린다. 개 한 마리가 짖는다, 새들이 노래한다, 교회종이 울린다. 너는, 네 높은 침대에 누워, 깃털로 된 이불을 턱 밑까지 끌어당기고서, 천장의 들보를 쳐다보고 있다. 흰색에 가까운 회색 몸통의 아주 작은 거미 한 마리가 들보 구석에서 거미줄을 잣고 있다.

34   너는 방수 커버로 씌운 부엌 식탁에 가 앉는다. 네 어머니는 네게 카페오레 한 잔을 타주고, 네 쪽으로, 빵을, 쨈을, 버터를 밀어준다. 너는 아무 말 없이 먹는다. 어머니는 네게 당신의 요통에 대해, 네 아버지에 대해, 당신의 이웃들에 대해, 마을에 대해 이야기한다. 트브노 부인이 그녀의 농장을 종신연금으로 전환했다. 모로 씨네 개가 죽었다. 고속도로 공사가 이미 시작되었다.

너는 네 어머니를 위해 장을 보고 네 아버지를 위해 파이프 담배를, 너를 위해 담배를 사러, 마을로 내려간다. 예전에는 큰 마을이었던 이곳에서 농부들이 빠져나갔다. 기차가 정착했고, 공증인 한 명이, 시장市場이 하나 있었다. 지금은 고작해야 농업용 경작지 두 군데만이 남아 있을 뿐이다. 마을은 이제 은퇴한 사람들과, 겨울철 인구의 곱절이나 세 배를 웃도는, 주말과 매해 여름이면 한 달씩 찾아오는 도시의 사람들로 채워진다.

너는 복구된 집들을 따라 걷는다: 쇠를 벼려 만든 백합 문양에 푸른 사과색으로 덧칠한 덧문, 골동품상의 갓등, 인공정원, 그 어떤 성스러운 기운도 감돌고 있지 않은 로카유식式[16] 대리석 장식, 피서객들의 낙원. 변호사들이, 식료품 상인들이, 공무원들이 회양목을 자른다, 자갈을 갈퀴로 긁어모은다, 화단의 먼지를 턴다, 금붕어에게 먹이를

<hr>

16 루이 15세 때 특히 성행했던 조가비 문양의 화려한 장식이 가미된 양식.

준다. 광장에는 소형 오토바이들이, 가장 젊은 청년들의 스쿠터가 몰려든다. 담배 파는 카페는 만원이다.

오후마다, 너는 어김없이 산책에 나선다. 너는 우선, 큰길을 따라간다, 그런 후, 버려진 채석장을 넘어서, 너는 숲으로 접어든다. 너는 네가 원하는 모양으로 잔가지를 쳐낼 나뭇가지 하나를 땅바닥에서 줍는다. 너는 밀이 익어가는 밭을 따라 걷는다, 너는 네 막대기를 어설프게 휘둘러 무성한 잡초들을 베면서 앞으로 나아간다. 너는 나무의 이름도, 꽃이나, 식물이나, 구름의 그것도 잘 알지 못한다. 너는 마을의 전경이 펼쳐지는 동산 꼭대기로 올라가서 앉는다: 네 부모의 집, 그곳에서 약간 떨어진 곳에, 서로 다른 색깔의 지붕 세 개와 더불어, 교회가, 네 눈높이에 육박하는 성城 하나가, 소싯적 철로가 깔려 있던 고가 도로가, 빨래터가, 우체국이 보인다. 하얀 도로 위로, 저 아래에서, 커다란 트럭 한 대가, 항구를 빠져나오는 갤리선처럼, 차츰 멀어지고 있다. 농부가, 홀로, 제 논밭 한가운데에서, 점박이 말이 끌고 있는 쟁기를 부리고 있다.

새들이, 지저귐으로, 쉰 소리로, 떨림으로, 제 울음소리를 내고 있다. 커다란 나무들이 가볍게 흔들린다. 자연이 여기 있어 너를 초대하고 또 너를 사랑한다.[17] 너는 풀을 우물거리며 씹어보고 곧바로 뱉어낸다: 풍경은 네게 아무런 감흥도 불러일으키지 않는다, 들과 밭의 평화는 너에게 감동을 가져다주지 않는다, 시골의 침묵은 너를 자극하지도 않고 너를 차분하게 만들어주지도 않는다. 가끔씩 너를 매혹시키는 것은 곤충이나, 돌멩이나, 낙엽이나, 나무뿐이다: 가끔씩 너는 나무 한 그루를 바라보고, 그 나무를 묘사하고, 그 나무를 해부하면서 몇 시간을 머문다: 뿌리, 둥치, 가지, 잎사귀, 잎 하나하나, 잎맥 하나하나, 새로 난 줄기 하나하나를, 네 탐욕스러운 시선이 갈망하거나

---

17 "자연이 여기 있어 너를 초대하고 또 너를
사랑한다." 알퐁스 드 라마르틴의 시집 『시적 명상』
(1820)에 실린 「골짜기들」에서 그대로 차용한
시구.

촉발하는 무관심한 형태들의 무한한 놀이라고나 할까: 얼굴, 도시, 미로 혹은 길, 문장紋章들과 기마행렬 같은 것들. 네 지각능력이 세련되어지고, 더 인내심을 갖추게 되고, 보다 유연해지는 정도에 따라, 나무는 초록색의 수천 가지 뉘앙스, 그러니까, 같으면서도 서로 다른 수천 개의 나뭇잎들을 뽑어내고 되살려낸다. 한 그루의 나무 바로 앞에서, 그 나무를 철저히 고찰하지 않고도, 그 나무를 이해하지 않고도, 네 인생을 보낼 수 있을 것 같다는 느낌을 너는 받는데, 그것은, 네가 이해해야만 하는 것이라곤 아무것도 없고, 오로지 바라보기만 하려고 하기 때문일 것이다: 그 나무에 대해 네가 말할 수 있는 것이라고 해봐야, 결국, 그것이 한 그루의 나무라는 사실일 뿐; 그 나무가 네게 말해주는 모든 것은, 한 그루의 나무라는, 뿌리라는, 그다음은 둥치라는, 그다음은 가지들이라는, 그다음은 나뭇잎들이라는 사실일 뿐. 너는 나무에게서 다른 사실을 기대할 수는 없는 것이다. 나무는 네게 제안할 어떤 도덕도 갖고 있지 않으며, 네게 전달할 메시지를 갖고 있는 것도 아니다. 나무의 힘, 나무의 장엄함, 나무의 삶—이와 같은 낡아빠진 비유로부터 네가 아직도 다소간의 의미나, 얼마간의 용기를 취해보려고 희망한다면—그것은 고작해야 들판의 평화만큼이나, 고여 있는 물의 엉큼함만큼이나, 그리 높은 것은 아니지만 저 홀로 솟아난 작은 오솔길들의 용맹함만큼이나, 알맹이들이 햇살 아래 무르익어가는 포도밭의 미소만큼이나 헛된, 이미지들이거나 선한 보상에 불과할 뿐이다.

바로 이런 것들 때문에, 나무가 너를 사로잡거나, 너를 놀라게 하거나, 아니면 또, 너를 쉬게끔 해주는 것이다, 껍질과 가지, 나뭇잎이라는 사실에 대해 혐의를 받지 않는, 혐의를 둘 수 없는, 바로 그러한 자명함 때문에.[18] 바로 이런 것들 때문에, 필경, 너는 개와 함께 산책하는 일 따위는 하지 않는 것이다, 개가 너를 쳐다보고, 네게 애원하고, 네게 말을 걸기 때문에. 식별에 흠뻑 젖은 저 개의 두 눈이나, 두

---

18 앞 페이지의 "가끔씩, 너를 매혹시키는 것은, 곤충이나, 돌멩이나, 낙엽이나, 나무뿐이다"부터 여기까지, 화자가 대상을 묘사하는 관계에 있어 장폴 사르트르의 『구토』(1938)와 완전히 정반대의 입장을 취해 다시 기술한 부분이다.

들겨맞은 개의 표정들이나, 신이 난 개의 깡충거림 따위는, 네가 개에게 끊임없이 집짐승의 상스러운 지위를 부여하게끔 너를 강제한다. 너는, 어떤 사람과 대면해서는 말할 것도 없이, 어떤 개와 대면해서도, 중립적인 상태를 유지하지 못한다. 반면에 너는 결코 그 어떤 나무와도 대화를 나누려 들지는 않을 것이다. 너는 어떤 개 한 마리를 앞에 두고서 네 삶을 살아갈 수는 없는데, 개라고 하는 짐승은 매 순간 너에게, 저를 데리고 살아달라고, 저를 먹여 살려달라고, 저를 좀 어여삐 쓰다듬어 달라고, 저를 위하는 사람이 되어달라고, 제 주인이 되어달라고, 이 빌어먹을 개 이름을 벼락같이 호령하여 곧바로 이놈의 개새끼를 납작 엎드리게 해놓을 신이 되라고, 너에게 요구할 것이기 때문이다. 그러나 나무는 네게 아무것도 요구하지 않는다. 너는 개의 신이, 고양이의 신이, 가난한 자들의 신이 될 수 있으며, 네게 목줄 하나와, 약간의 부드러움과, 얼마간의 재산으로도 충분히 그럴 수 있겠지만, 그러나 너는 결코 나무의 주인은 되지 못할 것이다. 너는 나무를 두고서, 오로지, 네 쪽에서, 그 나무가 되기를 바랄 수밖에 없을 것이다.

　그건, 네가 인간을 혐오하기 때문은 아니다, 네가 왜 인간을 혐오하겠는가? 왜 네가 너 자신을 혐오하겠는가? 다만 인간 종자에 속한다는 사실 때문에 참기 어려운 소란이 발생하지 않기만을, 다만 동물계 안으로 넘어들어온 이 하잘것없는 몇 걸음을 대가로 말과, 계획과, 성대한 출발이 조장해내는 저 끈덕진 소화불량을 겪지 않기만을 바랄 뿐! 그러나, 엄지손가락이 다른 손가락과 마주하여 있는 데, 직립 자세를 유지하는 데, 어깨에서 저 머리가 불완전하게 회전하도록 하는 데 치러야만 하는 대가가 지나치게 비싸다고나 해야 할까: 인생이라는 이 큰 가마솥, 이 화덕, 이 석쇠, 저 무수한 독촉, 저 선동, 저 경고, 저 흥분, 저 절망, 언제까지고 그치지 않을 저 구속투성이들, 만들어내고, 다시 으깨고, 게걸스레 삼키고, 계략을 물리치고, 끊임없이 다시 착수하는 이 영원한 기계, 네 보잘것없는 생명의 하루하루와 매시간마저 지배하려 드는 이 달콤한 공포!

너는 그리 오래 살지 않았지만, 그럼에도 불구하고, 모든 것은 이미 정해진 것이나 다름없고, 또 벌써 끝났다. 너는 고작해야 스물다섯 살이지만, 네 갈 길은 오롯이 제 윤곽을 드러내었다. 역할이, 꼬리표가 벌써 마련되어 있는 것이다: 그러니까, 네 어린 시절의 요강에서 네 노년의 휠체어에 이르기까지, 모든 의자들이 여기 있는 것이며, 제 순서를 기다리고 있는 것이다. 네 모험들은 너무나도 잘 서술되어, 가장 과격한 반란조차 그 누구의 눈썹도 찌푸리게 만들지 않는다. 너는 거리로 내려가 사람들의 모자를 덥석 뺏어들어 내동댕이치기도 할 것이고, 오물로 네 머리를 뒤집어쓰기도 할 것이고, 맨발로 활보를 하기도 할 것이고, 선언문을 찍어내기도 할 것이고, 또 어떤 찬탈자가 지나는 길가에 대고 맘껏 총질도 해보겠지만,[19] 결국 아무 일도 일어나지 않을 것이다: 네 침대는 사회보호소의 공동숙소에 벌써 마련되어 있고, 네 식기는 저주받은 시인들의 식탁 위에 놓여 있다. 취한 배, 참혹한 기적[20]: 그러니까, 하라[21]는 장터의 구경거리이자, 기획된 여행이었던 것을. 모든 것은 예견되어 있고, 아주 세세한 부분까지 온갖 절차들이 마련되어 있다고나 해야 할까: 심장의 거대한 격분, 냉혹한 아이러니, 찢어지는 고통, 충만함, 이국풍, 대단한 모험, 절망 따위 말이다. 너는 네 영혼을 악마에게 팔지 않을 것이고,[22] 너는 슬리퍼를 신은 채 에트나 화산으로 뛰어들려 하지 않을 것이며,[23] 너는 세계 칠대 불가사의를 파괴하려 들지도 않을 것이다.[24] 모든 것이 네 죽음을 위

19 여기서 기술된 '너'의 행동은 앙드레 브르통과 그의 『초현실주의 선언』 및 소설 『나자』(1928)를 암시한다.
20 「취한 배」(1871)는 랭보의 시 제목이며, 『참혹한 기적』(1956)은 앙리 미쇼의 책제목이다.
21 Harrar, 혹은 Hara. 에티오피아의 한 지방으로, 커피 생산지로 유명하다. 1880년 12월에서 1891년 3월까지 랭보는 이 도시에서 커피를 예멘과 아덴으로 수출하기 위해 무역상을 열었다.

22 『파우스트』를 암시하는 대목이다.
23 고대 그리스 철학자이자 정치가, 시인, 종교 교사, 의학자였던 엠페도클레스가 인간이 아닌 신으로 남기 위해 에트나 화산 분화구 속으로 몸을 던져 무덤을 남기지 않았다는 이야기를 암시한다.

해 벌써 마련되어 있는 것이다: 너를 쓸고갈 포탄은 오래전에 녹았다, 네 관을 따라가며 제 눈물을 흘릴 여인들도 이미 정해졌다.

도로 내려와야만 할진대, 네가 왜 가장 높은 저 언덕의 정상에 기어오르려 할 것이며, 일단 내려온 후, 어떻게 거기를 오르기 시작했는지[25]를 주절거리며 네 인생을 보내지 않으려면 너는 과연 어떻게 해야 할 것인가? 왜 너는 사는 척을 하는 것인가? 왜 너는 무언가를 계속하려는 것인가? 네게 일어날 모든 일들을 너는 이미 알고 있지 않은가? 네가 될 수도 있었을 모든 것들—네 아버지 어머니의 자랑스러운 아들, 용감한 꼬마 스카우트 대원, 더 열심일 수도 있었을 모범생, 어린 시절의 친구, 먼 사촌, 훌륭한 군인, 빈궁한 젊은이—을 너는 이미 다 해보지 않았던가? 얼마간의 노력이나, 심지어 얼마조차도 되지 않는 노력, 여전히 요구되는 저 몇 년, 바로 그 정도라면, 너는 중간급의 간부나, 소중한 직장 동료가 될 수도 있을 것이다. 좋은 남편, 모범적인 아버지, 훌륭한 시민. 재향군인. 너는, 개구리처럼, 착착, 사회에서 성공에 필요한 작은 창살들을 기어오를 것이다. 너는, 폭넓고 다양한 범위에서, 네 욕망에 가장 잘 부합하는 인격을 선택할 수 있을 것이고, 그 인격은 네 기준에 맞추어 정성껏 재단될 것이다: 너는 훈장을 받을 것인가? 교양인? 미식가? 심心을 살피고 신腎을 헤아리는 자인가?[26] 동물애호가인가? 너는, 조율되지 않은 피아노 위에서, 너에게 아무런 자극도 주지 않았던 소나타를 제멋대로 연주하느라 네 여가시간을 할애하게 될 것인가? 아니면, 너는, 인생에는 좋은 면도 있다고 되뇌면서 흔들의자 위에 앉아 파이프 담배나 피울 것인가?

아니다. 너는 오히려 퍼즐의 빠진 조각이 되고 싶어한다. 너는 네 구슬들과 네 핀들을 게임에서 빼낸다. 너는 네 쪽에 그 어떤 기회도 부

39

---

24 기원전 356년 그리스 식민지였던 소아시아 (지금의 터키) 에페소스의 아르테미스 신전에 방화를 저지른 헤로스트라토스에 대한 암시. 기원전 8세기경 백여 년간에 걸쳐 지어진 이 신전은 고대세계의 칠대 불가사의로까지 꼽혔던 장대하고 아름다운 건물이지만, 헤로스트라토스의 방화로 한순간에 폐허가 되어버렸다. 알렉산더 대왕이 탄생한 날을 골라 불을 지른 헤로스트라토스는 가혹한 고문 끝에 '내 이름이 전 시대에 알려지기를 원했다'라고 불낸 이유를 자백했다.

25 카뮈의 『시시포스의 신화』(1942)를 빗댄 부분.

26 "마음을 살피고 속을 헤아리는 자에게," 「예레미야」 17장 10절에 나오며, 예수를 뜻한다.

여하지 않고, 그 어떤 바구니에다가 그 어떤 달걀도 넣지 않는다. 너는 소 앞에다가 쟁기를 놓아둔다,[27] 너는 도끼도 버리고 자루도 버린다,[28] 너는 곰의 가죽부터 내다판다,[29] 너는 이삭이 패지도 않은 밀을 날로 먹는다,[30] 너는 네 재산을 들이마신다, 너는 문 밑에 열쇠를 놓아둔다,[31] 너는 뒤돌아보지 않고 가버린다.

너는 훌륭한 충고에 더이상 귀를 기울이지는 않을 것이다. 너는 치유를 의뢰하지 않을 것이다. 너는 네 길을 통과할 것이다, 너는 나무를, 강물을, 돌멩이를, 하늘을, 네 얼굴을, 구름을, 천장을, 허공을 바라볼 것이다.

40 너는 나무 근처에 머문다. 너는 심지어 숲에서 이는 바람 소리에 신탁을 내려달라고 당부하지도 않는다.[32]

비가 들이닥친다. 너는 집에서, 네 방에서조차, 더이상 밖으로 나가지 않는다. 너는, 하루 종일, 아이들처럼, 노인들처럼, 손가락으로 텍스트를 한 줄 한 줄 짚어내려가면서, 낱말들이 제 뜻을 잃게 될 때까지, 가장 단순하다 할 문장이 엉성해지고 혼란스러워질 때까지, 큰 소리로 책을 읽는다. 저녁이 온다. 너는 불을 켜지 않고, 너는 꼼짝하지 않은 채, 집의 소음을, 들보와 마루가 삐거덕거리는 소리를, 네 아버지의 기침 소리를, 장작 아궁이 벽에 걸어놓은 주물받침대의 소리를, 빗물받이 아연통 위로 떨어지는 빗소리를, 멀찌감치 도로 위를 지나는 자동차 소리를, 일곱시 차가 언덕 부근을 돌며 울리는 경적을 들으면서, 책을 더 읽지 않으면서도, 그 책을 양손에 든 채, 창문 가까이의 작은 탁자에 앉아 있다.

피서객들은 떠났다. 시골집들은 문을 닫았다. 네가 마을을 지날 때, 극히 적은 수의 개들이 지나는 너를 향해 짖어댈 뿐이다. 성당의

---

27 프랑스어 속담으로, '본말이 전도되다'라는 의미. 앞의 문장은 '한 가지 일에 모든 희망을 건다'라는 뜻의 속담인 '그의 모든 달걀을 한 바구니에 담다'라는 문장을 비튼 것이다. 뒤에서도 계속 속담으로 유희하고 있다.

28 '낙담한 후, 단숨에 포기하다'의 의미.
29 '성급하게 일을 진행하다'의 의미.
30 '수중에 들어오는 돈을 마구 낭비하다'의 의미.
31 '몰래 떠나다,' '사라지다,' '야반도주하다'의 의미.

광장에서, 시청의, 우체국의, 빨래터의 근방에서, 너덜너덜한 노란색 포스터가 아직도 경매를, 무도회를, 지나간 축제를 부르고 있다.

너는 여전히 이따금씩 산책을 나간다. 너는 똑같은 길을 되풀이해서 걷는다. 너는 흙을 갈아엎은 밭을 가로지르고, 그래서 네 장화 밑창에는 두툼한 진흙이 들러붙는다. 너는 오솔길 늪의 진창에 빠진다. 하늘은 잿빛이다. 널찍이 드리워진 안개가 전경을 가리고 있다. 몇몇 굴뚝에서 연기가 피어오른다. 너는, 네 방수 점퍼와, 네 신발과, 네 장갑에도 불구하고, 한기를 느낀다; 너는 어설프게 담배에 불을 붙이려고 시도한다.

너는, 밭과 숲을 가로질러, 다른 마을에 다다를 만큼 더 멀리 산책을 나간다. 너는 손님이라곤 너밖에 없는, 식료품점을 겸한 작은 식당으로 가서, 긴 나무 탁자 위에 앉는다. 누군가 네게 비앙독스[33] 한 그릇이나 아무 맛도 없는 커피 한 잔을 내온다. 여남은 마리의 파리가, 반질거리는 철제 전등갓에서 나선형으로 내려뜨린 끈끈이 위에 들러붙어 있다. 무표정한 고양이 한 마리가 주철 난로 근처에서 제 몸을 덥히고 있다. 너는, 통조림을, 세제 박스를, 앞치마를, 학습용 공책을, 이미 낡은 신문을, 혈색 좋은 군인이 금발 여인의 환심을 사려고 상기된 제 마음을 운문韻文으로 표현하고 있는 농염한 분홍빛 우편엽서 몇 장을, 버스의 운행 시간표를, 삼연승식 경마의 당첨번호를, 주말 경기의 결과를 바라본다.

한 무리의 새가 하늘 높이 지나가고 있다. 욘 운하 위에서, 거대한 두 마리 회색 말에 이끌려, 어떤 푸른 금속성 덩어리 같은 선체의, 거룻배 한 척이, 미끄러지듯 움직이고 있다. 너는, 한밤중에, 요란스

41

---

32 숲에서 나는 바람 소리를 신탁으로 여겼던 고대인에 대한 비유로, 그 어떤 감정이나 이데올로기, 종교적, 역사적 흔적이나 자취도 없이 사물을 바라본다는 태도를 말한다.

33 viandox. 주로 고기 요리나 파스타 등에 사용하는 대중적인 소스의 상표명이자, 고기즙으로 만든 스프이기도 하다.

러운 차들과 마주치고 또 추월을 당하면서, 그러니까, 널 덮치기 전에, 갈비뼈 아래에서, 한순간이나마 하늘을 훤하게 비추려 하는 것만 같은 전조등에 네 두 눈을 부셔 하면서, 국도를 따라 걸어서, 집으로 돌아온다.

너는 파리로 돌아온다, 그리고 너는 네 방을, 네 침묵을 되찾는다. 물 43
소리를, 인파들을, 거리들을, 교각들을; 천장을, 분홍색 플라스틱 대
야를; 폭 좁은 장의자를. 네 얼굴의 특징들을 빚어내며 비추고 있는
금 간 거울을.

    네 방은 세계의 중심이다. 바로 이 동굴, 언제고 네 냄새를 간직할
누추한 이 다락방, 네가 홀로 기어들어가는 이 침대, 이 책꽂이, 이 리
놀륨, 수만 번이나 네가 그 균열과, 편린과, 얼룩과, 돌출 부분을 세어
보았던 바로 이 천장, 인형 가구를 닮았다고 해야 할 만큼 아주 작은
이 세면대, 이 대야, 이 창문, 네가 꽃잎 하나하나와, 줄기 하나하나와,
짜맞춰진 그 모양새 하나하나를 알고 있으며, 오로지 너만이, 인쇄과
정에서 거의 오류가 없었던 저 완벽성에도 불구하고, 확신할 수 있는
바, 각각의 그것들이 서로 닮은 데라고는 없는 이 벽지, 네가 몇 번이
고 반복해서 읽은, 앞으로도 네가 읽고 또 읽을 바로 이 신문 뭉치들,
더러 겹쳐지며, 매끈하지 않은 표면에 오직 네 얼굴을 삼등분으로 나
눠 비추던, 정면에 있는 희미한 눈의 윤곽을, 금이 간 코를, 영구히 삐
뚤어진 입을 무시한 채로, 잊히다시피 했거나 사라지다시피 한, 칼이
나 채찍의 일격을 당한 듯 옛 상처의 흔적과도 같은 Y자 모양의 줄무

늬에만 시선을 끌 수 있게 된 습관 덕택에 너를 무심하듯 방치해버리게 하는, 금이 간 바로 이 거울, 가지런히 정돈된 이 책들, 방열판이 달린 이 라디에이터, 석류색 페가모이드[34]로 뒤덮인 이 슈트케이스 전축: 바로 이것들과 더불어, 네 왕국이 시작되고 또 끝이 나는데, 친구든 적이든, 유일하게 너를 세계와 연결해주는 상존하는 소음들이, 이 왕국을 동심원으로 둘러싼다: 층계참 수도꼭지의 물방울 소리, 네 옆방 남자의 소음, 그의 목 긁는 소리, 그가 서랍을 여닫는 소리, 그의 간헐적인 기침 소리, 그 집 주전자가 쉭쉭 끓어대는 소리, 생토노레 거리의 소음, 도시의 끊이지 않는 웅얼거림 같은 것들이. 제법 멀리서, 소방차의 사이렌 소리가 너를 목표로, 달려오고, 멀어지고, 다시 또 다가오는 것만 같다. 생토노레 거리와 피라미드 거리의 십자로에서, 브레이크를 밟고, 정차하고, 다시 출발하고, 엑셀을 밟고 또 떼는 규칙적인 교체가, 지칠 줄 모르는 물방울과, 생로크 교회의 종소리에 육박할 만큼, 시간에 리듬감을 또렷이 부여해주고 있다.

네 자명종은, 오래전부터, 다섯시 십오분을 가리키고 있다. 그것은 분명 네가 자리를 비운 동안에 멈추었을 것이고, 너는 시계를 도로 작동하게 하는 일에 소홀하기도 했다. 네 방의 침묵 속으로, 시간은 더이상 스며들지 못한다, 시간은 언저리에 있고, 영원히 휩싸고 도는 것이며, 네가 쳐다보지 않을 수도 있는, 그러나 경미하게 삐뚤어지고, 흰색의, 더러 수상쩍기도 한 자명종 시계의 바늘보다, 더 자주 나타나고, 끈질기게 머릿속을 떠나지 않는다: 고로, 시간이 흐른다, 하지만 너는 결코 몇 시인지 알지 못하며, 생로크 교회의 종탑은 십오분도, 반시간도, 사십오분도 구별해주지 않는다, 생토노레 거리와 피라미드 거리의 십자로에서 신호등의 교차가 매분 작동하는 것은 아니다, 물방울이 매초 떨어지는 것은 아니다. 네가 옳게 들었는지 어떻게 확신할 수 있겠는가, 열시, 어쩌면 열한시일 것이다, 늦은 것이리라, 이른 것이리라, 날이 밝는 것이리라, 날이 저무는 것이리라, 소음이

완전히 잦아들지 않는 것이리라, 설령 시간을 느낄 수 없다고 하더라도, 시간이 완벽하게 멈추어버리는 것은 아닐 테니까: 침묵의 벽에 난 미세한 틈, 잦아드는, 차츰 잊히고 마는 투덕거림, 한 방울 한 방울 네 심장의 박동 소리와 뒤섞여버리다시피 한 저 물방울 소리가 있으니.

네 방은 사람이 살지 않는 섬 가운데에서도 가장 아름다운 섬이며, 파리는 어떤 사람도 그 무엇도 결코 횡단하지 않은 사막이나 다름없다. 너는 이 고요, 이 잠, 이 침묵, 이 무기력 이외에 그 무엇도 필요로 하지 않는다. 하루하루가 시작되고 하루하루가 끝난다, 시간이 흐른다, 네 입이 다물어진다, 네 목덜미의, 네 입 주위의, 네 아래턱의 근육들이 완전히 이완되어버린다, 오직 네 흉부의 오르내림만이, 네 심장의 박동만이, 여전히 네 끈질긴 생존 여부를 증명해줄 뿐이다.

그 무엇도 원하지 않기. 기다릴 것이 완전히 없어질 때까지 기다리기. 늑장 부리기, 잠자기. 인파에, 거리에 휩쓸리게끔 너 자신을 방치하기. 도랑을, 철책을, 배를 따라 물가를 좇기. 강둑을 따라 걷기, 벽에 찰싹 붙어 지나가기. 네 시간을 허비하기. 온갖 계획으로부터, 모든 성급함으로부터 벗어나기. 욕망 없이, 원한 없이, 저항 없이 존재하기.

시간이 지나면, 고비 없는, 혼란 없는, 꼼짝 않는 어떤 삶 하나가, 네 앞에 놓이게 될 것이다: 그 어떤 껄끄러움도, 그 어떤 불균형도 없는 그런 삶이. 일 분 일 분이 지나가고, 시간과 시간이 지나가고, 하루하루가 지나가고, 계절과 계절이 지나가면, 끝이라고는 없을 무엇인가가 시작될 것이다: 그러니까, 식물 같은 네 삶이, 파기된 네 삶이.

이곳에서, 너는 연명하는 법을 배운다. 때때로, 시간의 주인이 되고,
세계의 주인이 되고, 네 이불 한복판에서 잔뜩 긴장한 작은 거미 한 마
리가 되어, 너는 파리 위를 군림한다: 너는 오페라 대로부터 북부 일
대를, 루브르 궁전 아치형 통로부터 남부 일대를, 생토노레 거리에서
갈라지는 동부와 서부 일대를 지배한다.

때때로, 너는, 천장의 박공 조각에서 필경 그림자와 균열의 복잡
한 놀이가 윤곽을 잡아가는 저 수수께끼 같은 얼굴을, 그러니까 눈과
코며, 코와 입이며, 머리카락 한 올도 가리고 있지 않은 이마며, 혹은
확연한 귓바퀴 선이며, 어깨와 목의 접점을, 풀어내려고 한다.

시간을 죽이는, 서로 전혀 같지도 않으면서 별반 차이도 없는, 수
천 가지의 방식이, 기대할 바도 전혀 없는 수천 가지의 방법이, 네가
고안해내고 또한 그 즉시 포기해버릴 수 있는 수천 가지의 놀이가 존
재한다.

너는 모든 것을, 저절로 터득되지 않는 모든 것을 배워야 한다: 고
독, 무관심, 인내, 침묵 따위를. 너는 네 모든 습관을 버려야만 한다:
그러니까, 아주 오래전부터 네가 가깝게 지냈던 사람들을 만나러 가
는 일이나, 매일 너를 위해 남겨놓았던, 간혹 너를 위해 확보해놓았던

식탁에 차려진 너의 끼니나 네 커피를 먹고 마시는 일이나, 유지되지 못하고 말 저 우정이라는 역겨운 공모 주위를, 풀어지고 말 저 결합의 비겁하고도 기회주의적인 원망 주위를 어슬렁거리는 일 따위를.

너는 혼자다, 그리고 그건 네가 혼자이기 때문이다, 너는 단연코 시계 따위를 들여다보아선 안 된다, 너는 단연코 몇 분인지를 헤아리지 말아야 한다. 너는 흥분에 들떠, 네 소포를 열어보는 짓을 더는 저지르지 말아야 한다, 칠십칠 프랑이라는 저렴한 가격으로 네 이름의 이니셜을 새겨주는 무료 케이크 배달 서비스나 서양예술보감寶鑑에 당첨되었노라고 너를 초대하는 광고 전단지 하나만을 그 소포에서 발견한다 해도 너는 더이상 실망하지 말아야 한다.

너는 희망하는 법을, 착수하는 법을, 성공하는 법을, 끈질기게 노력하는 법을 잊어버려야 한다.

너는 너 자신을 그냥 가게 놓아둔다, 그리고 이런 것쯤은 네게는 손쉬운 일이나 마찬가지이다. 너는 너무나도 오랫동안 네가 이용해온 길들을 피해서 간다. 너는 흐르는 시간이, 얼굴들의, 전화번호들의, 주소들의, 웃음의, 목소리들의 기억을 지워버리게끔 그냥 내버려둔다.

너는, 네가 잊는 법을 익혔다는 사실조차, 네가 어느 날인가, 망각을 위해 무진장 애썼다는 사실조차 잊어버린다. 너는, 쇼윈도를 무시하면서, 오르내리는 학생들의 물결에 무시당하면서, 아무것도 알아보지 못한 채 생미셸 대로를 어슬렁거린다. 너는 더이상 카페에 들어가지 않는다, 너는, 네가 누구인지 알아보지 못하는 사람을 찾고자 카페 안의 구석까지 그를 쫓아가거나, 근심 가득한 표정을 지으며 되돌아올 길을 더는 염려하지 않는다. 너는 더이상 샹폴리옹 거리에 있는 일곱 개의 극장에서 두 시간을 꼬박 기다리며 늘어선 줄에서 그 누군가도 찾으려고 하지 않는다. 너는 더이상 비참한 영혼마냥 소르본 대학의 큰 안뜰을 떠돌아다니지 않는다, 너는 더이상 강의실 문 앞에 다다르려고 긴 복도를 성큼성큼 지나다니지 않는다, 너는 도서관에서 안부나, 미소나, 아는 척하기 따위를 구걸하지 않는다.

너는 혼자다. 너는 홀로인 사람처럼 걷는 법을, 한가로이 산책하는 법을, 주시하지 않고 바라보는 법을, 바라보지 않고 주시하는 법을 배운다. 너는 투명성을, 부동성을, 존재하지 않기를 배운다. 너는 하나의 그림자가 되는 법과 마치 돌멩이라도 된다는 듯 사람들을 쳐다보는 법을 배운다. 너는 앉아 있는 채로 있는 법을, 누운 채로 있는 법을, 선 채로 있는 법을 배운다. 너는 한입마다 꼭꼭 씹어 먹는 법을, 네가 네 입에 가져가는 소량의 음식에서 한결같이 무미건조한 맛을 발견하는 법을 배운다. 너는 화랑에 전시된 그림들을, 마치 벽의, 천장의 일부라도 된다는 듯이 바라보는 법을, 벽이나, 천장들이, 그것들이 마치 네가 피로를 느끼지 않고도 열 점 이상을 좇을 수 있을 화포畫布나, 늘 다시 시작된 수천 갈래의 길이나, 피해갈 수 없는 미로나, 그 누구도 해독할 수 없는 텍스트나, 일그러지는 얼굴들이라도 된다는 듯이, 바라보는 법을 배운다.

너는 생루이 섬에 처박힌다, 너는 보지라르 거리를 택한다, 너는 페레이르 지하철역 방향으로, 샤토랑동 지하철역 방향으로 걷는다. 너는 느릿느릿 걷는다, 너는 왔던 길을 되돌아간다, 너는 쇼윈도를 손으로 닦아본다. 만물상의, 전파상의, 수예재료상의, 골동품상의 저 진열대들. 너는 루이필리프 다리의 난간에 가 앉아서, 아치 아래에서 소용돌이 하나가 만들어지고 소멸되는 것을, 끊임없이 돌출부 전면에서 움푹해졌다가 메워지곤 하는 깔때기 모양의 그 함몰을 바라본다. 평저선平底船들이, 수송선들이, 저 멀리서 지나가고, 교각에 들이치는 파문波紋이 요란스레 일렁거린다. 강기슭을 따라, 낚시꾼들이 앉아 꿈쩍도 하지 않은 채, 제 두 눈으로 좀처럼 움직이지 않는 부표들을 좇고 있다.

어떤 카페의 테라스에서, 맥주 한 조끼[35]나 블랙커피 한 잔을 앞에 두고 앉아, 너는 길가를 응시한다. 자가용이, 택시가, 소형 트럭이, 버스가, 오토바이가, 모터사이클이, 극히 드물고도 짤막한 소강상태가 구분지어 놓은 촘촘한 무리로 지나가고 있다: 교통량을 조절하는 건 멀리서 비추는 신호등의 불빛이다. 인도에서는, 밀려드는 두 겹의 행인들 물결이, 훨씬 원활하게, 흘러간다. 두 남자가 인조가죽으로 만든, 똑같은 서류 가방을 끌어안고, 진배없이 피로한 발걸음으로 서로를 엇갈려 지나친다; 한 쌍의 어머니와 딸, 꼬맹이들, 그물 장바구니를 든 중년의 여인들, 군인 한 명, 무거운 여행 가방을 양팔에 들고 있는 한 남자, 그 외의 또다른 사람들, 그러니까, 꾸러미를 들고, 신문을 움켜쥐고, 파이프 담배를 물고, 우산을 들고, 개를 끌고, 배를 내밀고, 모자를 쓰고, 유모차를 밀고, 제복을 입고 있는, 어떤 이는 뛰다시피 하고, 또 어떤 이는 다리를 질질 끌고, 쇼윈도 가까이에 멈추어 서고, 서로 인사를 나누고, 서로 헤어지고, 서로 추월을 하고, 서로 엇갈리는, 노인과 젊은이, 남자와 여자들, 행복한 사람들과 불행한 사람들. 끊임없이 사라지고 다시 모양새를 만든 사람들 무리가 버스 정류장 근처로 밀집된다. 샌드위치맨이 전단지를 나누어주고 있다. 한 여자가 지나가는 택시를 향해 헛되이 큰 동작을 지어 보인다. 소방차, 혹은 경찰 구급차의 사이렌 소리가 점점 증폭되면서 너를 향해 다가온다.

고장 수리차가 질풍처럼 지나가는데, 무슨 급한 일로 불려온 것일까? 상대방을 알고 있을 리가 없으며, 너 자신도 알고 있을 리가 없는 이 사람들을 이 거리로 불러모으게 한 법칙에 관해서라면, 너는 어느 것 하나도 아는 바가 없으며, 또, 이 거리에 네가 온 것은 태어나서 처음인지라, 네가 여기서 할 일이라고는, 왔다갔다하거나, 종종걸음치거나, 멈추어서는 이 사람들의 무리를 응시하는 것뿐이다: 인도 위의 저 발길들, 차도 위의 저 바퀴들, 이 모든 사람들은 대관절 무엇을 하고 있는 것일까? 이들은 모두 어디로 가고 있는 것인가? 누가 이들

---

35 맥주 250cc 한 잔을 의미한다.

을 부르는 것인가? 누가 이들을 되돌아오게 만드는 것인가? 어떤 힘이나 어떤 신비가 있어, 이들로 하여금 오른발 다음에 왼발을, 그것도 그 이상의 효과를 생각하기 어려울 정도로 협조적인 방식으로, 인도 위에 번갈아 내려놓게 만드는 것일까? 무의미한 무수한 행동들이, 거의 동일한 순간에, 무감동하다고 해야 할 네 시선의 지극히 협소한 범위 안으로 몰려든다. 그들은 동시에 제 오른손을 내밀어, 서로를 으스러뜨리기라도 할 듯 악수를 나눈다, 그들은 얼핏 보기에는 의미가 있어 보일 메시지들을 제 입으로 발설한다, 그들은, 두 볼을, 코를, 눈썹을, 입술을, 양손을, 사방으로 비틀고 꼬아대면서, 몸짓으로 충분히 표현하면서 제 이야기에 방점을 찍는다; 그들은 수첩을 꺼낸다, 그들은 추월하거나 추월당하고, 서로 인사를 나누고, 서로 욕설을 퍼붓고, 축하의 말을 건네고, 서로 부대낀다; 그들은 너를 보지 않고서도 제 갈 길을 가지만, 너는 그들과 몇 센티가량 떨어진 곳에, 그러니까 어느 카페의 테라스에 앉아 있고, 너는 끊임없이 그들을 지켜보고 있다.

너는 배회한다. 너는 거리의, 구역의, 건물의 분류에 관해 상상해본다: 광란의 구역, 죽음의 구역, 상점-거리, 보호소-거리, 공동묘지-거리, 헐어빠진 파사드,[36] 갉아먹힌 파사드, 녹이 슨 파사드, 감추어진 파사드 따위.

너는 작은 광장을 지나다가, 쇠나 목재로 된 자 하나를 들고 창살을 긁으며 뛰어가는 아이들에게 추월을 당한다. 너는, 사자 발 모양을 새겨넣은 주철 다리의 푸른색 오리나무 벤치 위에 앉는다. 불구의 늙은 관리인들이 그들과는 다른 연배의 유모들과 서로 말을 건네고 있다. 구두의 뾰족한 앞축으로, 너는 모래가 조금 섞인 땅 위에다가, 원과, 네모와, 눈알과, 네 이름의 이니셜을 그려본다.

너는 자동차가 전혀 지나가지 않는, 사람이라곤 단 한 명도 살고 있지 않을 것만 같은 거리를 발견하는데, 그곳에는 귀신 같은 가게 하

나를 제외하고는 아무것도 없고, 그 한 채의 가게는, 빛을 받아 퇴색
되어 창백해진 마네킹 인형이, 연월일이 적힌 패션 삽화들이 시종일
관 진열되어 있었을 것 같은, 망사 커튼을 친 쇼윈도가 딸린 바느질하
는 양장 재단사의 가게이거나, 장식 단추들을 모아놓은 판들이, 매트
리스의 스프링을, 올리브 씨 모양의, 방추紡錘형의, 구球 모양의 침대
다리를, 말총이나 아마포[37]로 된 갖가지 품질의 매트리스를 추천하는
매트리스 제조업자의 가게이거나, 혹은 구석의 귀퉁이를 점포 대신
사용하면서 온갖 색깔의 납작한 플라스틱 코르크 마개들을 여러 가
닥의 나일론 끈에 주렁주렁 매달아 커튼을 만들어 문으로 사용하는
구두수선공의 가게는 아니었을까.

너는 파사주들을 발견한다: 슈아죌 파사주를, 파노라마 파사주를,
주프루아 파사주를, 베르도 파사주를, 그곳의 모형 상품들을, 파이프
나, 인조 보석들을, 우표들을 파는 그곳의 상인들을, 그곳의 구두닦이
들을, 그곳의 핫도그 계산대들을. 너는 어떤 판화 진열장에 나붙은 빛
바랜 카드들을 한 장 한 장 읽어본다: '라스파엘 크뤼블리에[38] 의학박
사, 구강외과의, 파리 대학 의예과 졸업, 예약 진찰만 가능,' '마르셀-에
밀 뷔르낙[39] 주식회사, 융단류 일체를 취급합니다,' '세르주 발렌[40] 부
부, 라가르드 가 11번지, 전화번호 214-07-35,' '조프루아 생틸레르 중
고등학교[41] 동창회, 메뉴: 빙하 위에 쌓인 바다의 진미, 페리고르의 흑진
주 푸아그라, 호수의 은빛으로 빛나는 미녀,'[42] 이렇게 적혀 있는 카드들.

뤽상부르 공원에서, 너는 브리지나, 블로트나, 타로 게임을 하고
있는 퇴직자들을 바라본다. 너와 멀리 떨어지지는 않은 한 벤치에는,
몹시 여위고, 꼼짝도 하지 않는, 늙은이 하나가, 두 발을 가지런히 모
으고, 양손으로 움켜쥔 지팡이 손잡이에 제 턱을 괴고서는, 몇 시간
동안이나 제 앞의 허공을 바라보고 있다. 너는 그에게 찬사를 보낸

52

---

37 매트 제조용으로 쓰이는 면포의 일종.
38 페렉의 친구 이름.
39 페렉의 친구 이름 세 개를 연달아 붙여 놓은 것.
40 페렉이 1959년 문학잡지에 서평을 실을 때
사용했던 가명이자 『인생사용법』에 등장하는 늙은
화가의 이름.

41 페렉이 기숙사 생활을 했던 에탕프의 학교
이름.
42 이 세 가지 모두 앙트레(전채)에 해당되는
요리 이름이며, 본격적인 식사가 시작되기 전에 이
세 가지 중 하나를 택해 취한다. '빙하 위에 쌓인
바다의 진미'는 얼음을 깔고 그 위에 생굴, 성게,

다. 너는 그의 비밀이나, 그의 약점을 찾아본다. 하지만 그는 난공불락처럼 보인다. 그는 반쯤 눈이 멀었거나 오히려 마비된, 아니 귀가 완전히 먹어버린 게 분명하다. 그러나 그는 침조차 흘리지 않는다, 그는 입술을 달싹거리지도 않는다, 그는 고작해야 눈을 껌벅거릴 뿐이다. 태양이 그의 주위를 돌고 있다: 그의 유일한 관심사는 필경 제 그림자를 쫓는 데 바쳐질 것이다; 그는 오래전부터 그려온 좌표를 갖고 있는 게 분명하다; 그의 광기는, 그가 만약 미쳤다면, 필경 그 자신을 해시계로 착각하는 데 있을 것이다. 그는 조각상을 닮았지만, 그가 원하기만 한다면, 조각상과는 달리, 자리에서 일어나 활보할 수 있다는 이점도 갖고 있다. 그는 인간을 닮았으나, 오히려 새의 그것을 닮았다고 해야 할 머리와, 흉골까지 추켜올린 바지와, 초등학생용 파르나스식 제 나비넥타이[43]에도 불구하고, 다른 인간들에 비해, 조각상이라도 된다는 듯, 몇 시간이고, 별난 노력 없이도, 꼼짝도 않고서 머물러 있을 수 있다는 특권을 갖고 있는 것이다. 너는 그와 같은 상태에 도달하기를 바랄 테지만, 그것은, 분명, 노인의 자격을 갖추기 전 네 젊음이 뿜어내는 마지막 반응 가운데 하나라고 해야 할까, 너는 너무나도 쉽게 흥분한다: 그러니까, 네 의지와는 달리, 네 발은 모래를 뒤적거리고, 네 두 눈은 이리저리 두리번대는 것이며, 네 손가락들은 끊임없이 서로 꼬였다가 다시 풀리기를 반복하는 것이다.

너는 다시 걷는다, 우연히, 너는 길을 잃는다, 너는 원을 그리며 맴돈다. 너는 가끔씩 하찮은 대상들에게 시선을 고정시킨다: 도메닐 지하철역, 클리냥쿠르 지하철역, 구비옹 생시르 대로, 우편박물관 따위에. 너는 서점에 들어가고 거기서 읽지는 않으면서 책들을 뒤적거린다. 너는 화랑에 들어가고, 조심스레, 작품마다 멈추어 서거나, 머리를 오른쪽으로 갸우뚱 기울여보거나, 눈을 가늘게 떠보거나, 제목

조개 등을 날로 올려 놓은 전채이며, '페리고르'는 프랑스 남서부의 도르도뉴 지방의 도시로 프랑스 푸아그라Foie Gras의 5대 주요 생산지 중 한 곳이다. '호수의 은빛으로 빛나는 미녀'는 송어 요리를 말한다. 세 가지 모두 최상급 고급 요리에 속한다.

43 1860년과 1880년 사이 프랑스에서 유행했던 시파. 흔히 고답파로 번역되는 이 그룹의 시인들이 넓은 나비넥타이를 매고 댄디 흉내를 낸 것을 빗댄 대목이다.

이나 날짜, 혹은 화가의 이름을 읽으러 가까이 다가가거나, 보다 잘 보려고 뒷걸음질을 치기도 하면서, 너는 그곳을 한 바퀴 빙 돈다. 너는 그곳을 빠져나오면서 가짜 주소와 네 서명을 큰 글씨로 알아볼 수 없게끔 휘갈겨놓는다.

너는 카페의 구석에 걸터앉아, 『르 몽드』지를 한 줄 한 줄, 순서에 맞추어 또박또박 읽어내려간다. 이것은 멋진 훈련이다. 너는 첫 페이지의 타이틀을, 「하루하루」를, 외국 소식란을, 마지막 페이지의 잡보란을, 광고란을 읽는다: 구인, 구직, 판매대리점, 상거래, 부동산, 소유권, 토지, 아파트(매매), 아파트 분양(건설중), 아파트(매입), 점포 임대, 각종 임대, 영업재산, 사업자금, 협회, 강좌와 레슨, 종신연금, 자동차, 차고, 애완동물, 중고매물, 그 외의 잡다한 소사小事들을; 그러니까 접견행사, 탄생, 약혼, 혼인, 사망, 사례, 드루오 관의 경매,[44] 내방과 강연, 박사논문심사 따위들을; 거개는 네가 머릿속으로 풀 수 있는 십자말풀이(세례를 하는데도 가톨릭과는 상관없는 것은?: 포도주[45]; 죽음의 순간 떠올리는 것은?: 여자[46]; 아무리 엉망이 되어도 손볼 수 없는 것은?: 계란찜[47]; 본질이 앞서 존재해야만 운영되는 회사는?: 앙타르[48]; 악행을 저지르기 위해 반드시 무찔러야 하는 사람이 있다면, 이 사람은?: 해군대장[49])를; 일기예보를; 라디오의, 텔레비전의, 연극·영화의 프로그램 안내, 증권 시세를; 관광안내란, 사회란, 경제란, 요리란, 문학란, 스포츠란, 과학란, 공연란, 대학동정란, 의료란, 여성란, 교육란, 종교란, 지방소식란, 항공란, 도시계획란, 항해란, 법률란, 노동조합란을; 국제정치, 외신, 프랑스 정계, 국내의 사건사고, 단신, 세 차례 내지 네 차례에 걸쳐 연재되는 전문 기사, 특

---

44 루브르 박물관에 있는 경매관.
45 '세례하다'라는 뜻의 'baptiser'는 '포도주를 물에 타다'는 뜻이 있다.
46 'l'article de la mort'는 '죽음이라는 단어의 관사'를 의미하는 동시에 숙어로 '죽음의 순간에'라는 뜻도 지닌다. 따라서 위 문제의 정답은 프랑스어 여성관사인 'la'가 된다.
47 'brouiller'는 '뒤죽박죽되다,' '뒤엉키다' 이외에 '달걀을 삶다'는 뜻이 있다.

48 '본질'을 뜻하는 프랑스어 'essence'는 동시에 '가솔린'이라는 뜻이다. 'Antar'는 프랑스의 석유회사 이름이며 1725년에 설립된 광산회사였다가, 이후 석유회사로 발전했다. 1926년 이름을 앙타르 석유회사로 바꾸었으며 2009년 토탈Total에 병합되면서 완전히 사라졌다. 림스키코르사코프의 「안타르 교향곡」과 6세기 아랍의 무훈 시인의 이름 안타르Antar에서 영감을 받아 회사명을 정했다. Antar는 '~앞,

정 국가나, 특정 지역이나, 특정 제품에 할애된 부록 기사, 대형 광고
문 따위를.

대략 오백에서 천 개가량의 정보가, 네가 당호의 발행 부수를 알
아챌 정도로, 또한 이 신문이 조합노동자들에 의해 제작되었고 광고
심의기구[50]와 광고유통관리국[51]의 통제를 받고 있었음을 거듭 네가
확인할 수 있을 만큼, 아주 꼼꼼하고도 몹시 주의 깊은 네 두 눈 아래
를 지나갔다. 하지만 네 기억은 그것들 가운데 그 어떤 정보도 붙잡아
두지 않으려는 일에 공을 들였다: 너는 「퐁타무송 사社[52] 약세, 철강주
하락 기미, 뉴욕 튼튼」이나, 「프랑스 부동산 신용금고, 유서 깊은 은
행의 경험과 전문가들의 조직망에 신뢰를 걸어야 마땅하다」나, 「태
풍 바르바라, 플로리다 지방을 강타, 30억 프랑가량의 피해 발생」이
나, 「장 폴과 루카는 여동생 루시의 탄생을 알리게 되어 정말 행복합
니다」 같은 기사를, 다른 어느 기사나 매한가지로 무심하게 읽어나간
다: 그러니까, 『르 몽드』지를 읽는다는 것은, 단지 한 시간이나 두 시
간을 허비하거나, 번다는 것일 뿐이다; 그것은, 만사가 어떻게 되든
네게는 모두 마찬가지라는 것을, 한번 더, 음미해보는 것이리라. 만고
의 서열과 편애는 없어지지 않으면 안 된다. 지극히 단순한 규칙에 따
라 움직이는, 고작 서른 개가량의 인쇄활자의 조합으로, 매일같이, 이
토록 무수한 말의 창조가 가능해진다는 사실을, 너는 또 놀랍게 여길
수도 있을 것이다. 그러나 너는 왜 이런 말들을 네 양식으로 삼아야 하
는 것이며, 너는 왜 이런 말들을 해독해야 하는 것인가? 너에게 중요
한 것은, 오로지, 시간이 흐른다는 것, 어느 것 하나 너를 붙잡지 않는
다는 사실일 뿐이다: 네 두 눈은, 한 줄 그리고 다음 한 줄을, 침착하
게, 그저 따라가면서, 읽어야 할 뿐인 것이다.

55

전前'을 의미하는 라틴어 접두어의 'anti'와 연관된
단어이다.
49 프랑스어 'vice-amiral'은 '해군중장'을,
'contre-amiral'은 '해군소장'을, 'amiral'은
'해군대장'을 의미함. '해군중장'이라는 단어의
접두어 'vice'는 '악행, 악덕'을, '해군소장'의 접두어
'contre는 '~에 반대하여, ~대항하여'라는 뜻을
지니고 있다.
50 BVP. Bureau de vérification de la publicité.

51 OJD. Office de Justification de la
Diffusion des Supports de Publicité.
52 Pont-à-Mousson. 프랑스 동북부 메츠와 낭시
사이에 있는 제철·철강 회사의 이름. 프랑스의
4대 제철공장으로 1856년 설립되어, 현재 네 개의
용광로가 가동되고 있다.

세상과 마주하여 무관심한 사람은, 무지한 사람도, 호전적인 사람도 아니다. 너의 목적은 문맹의 온전한 기쁨을 다시 발견하는 데 놓여 있는 것이 아니라, 읽어가면서, 네 독서에 그 어떤 특권도 부여하지 않는 데 있다. 네 본의는 홀딱 벗고 가는 것이 아니라, 필연적으로 추구나 포기에 연루되지 않고서 무언가를 입고 있는 데 놓여 있다: 말하자면, 네 목적은 스스로를 굶주려 죽게 방치하는 데 있는 것이 아니라, 최소한의 영양분만을 섭취하도록 하는 데 있는 것이다. 네가 이러한 동작들을 단 한 치의 오차 없이 곧이곧대로 완수하기를 바라는 것은 아닌데, 사실 이 '곧이곧대로' 라는 말은 정말이지 대단히 강력한 용어이기 때문이다: 그러니까, '오로지'나, '단순하게' 같은 용어들, 특히 이 단순하게가 어떤 의미를 지니게 되는 것은, 모든 가치로부터 떨어져나와, 명백하고도 중립적인 영역에 동작들을 방기해둘 때, 특히 기능적으로 하는 게 아닐 때 그러할 것인데, 왜냐하면 '기능'이 실상 최악의 가치를 지니고 있고, 가장 음험하고, 또한 가장 위험하며, 그런 반면 자명하며 사실에 근거를 두기에, 되돌릴 수 없는 성질을 갖고 있기 때문이다; 그러니까, 다음과 같은 것들 이외에는 아무 말도 할 수 없어야만 하는 것이리라: 예컨대, 너는 읽는다, 너는 옷을 입고 있다, 너는 먹는다, 너는 잔다, 너는 걷는다, 이것이 동작일 수도, 몸짓일 수도 있겠지만, 증거나 화폐교환은 아닐 것이다: 예컨대, 네 복장이, 네가 먹는 음식이, 네가 읽는 독서가 너를 대신해서 말하는 일이 더이상 있어서는 곤란한바, 너는 더이상 그것들과 실랑이를 벌이지 않을 것이다. 너는, 너를 표현하게 해줄, 소모적이며, 불가능하고도, 치명적인 임무를 이런 것들에게 위임하지는 않을 것이다.

이제부터 네가, 프티트 수르스, 혹은 비에르, 혹은 셰 로제 라 프리트[53]의 카운터에서 무언가를 먹을 때, 그것은 정신생리학자들이, 여하

53 소설의 주 무대인 생토노레 거리, 피라미드
전철역, 루브르 박물관, 생로크 교회 등이 있는 파리
제1구 근방 카페, 레스토랑, 바, 비스트로 등의 이름.
54 소 등심을 원 모양으로 잘라내고 그 주위에
베이컨을 두르거나 기름기 부위를 원을 따라 그대로
남겨둔 스테이크의 일종으로 가격이 비싼 편임.

55 pommes-paille. '빨대-감자'라는 뜻으로,
감자를 아주 가늘게 채 치듯 썰어 튀긴 것.
56 썰어 튀긴 감자.
57 부르고뉴 지방의 최고가 소고기.
58 Pièce. 일인분이 되는 고기 조각.
59 Pavé. 포석이라는 뜻. 두툼한 고기를 말함.

튼 음식물 섭취라고 부르는 것이기도 하다: 그러니까, 너는, 하루에 한 번이나 두 번, 그 이상으로는 극히 드물게, 석쇠에 구운 소고기 한 조각이나 부글부글 끓는 기름에 튀겨낸 감자 조각들, 적포도주 한 잔이라고 할 때와 같은 식의, 정확히 계산할 수 있는 질소유기물과 탄수화물 화합물을 흡수하는 것이다. 그것은, 이를테면, 가끔씩은 비프스테이크, 심지어 비프텍이라고 불리지만, 그러나 투른느도[54]는 아닌 게 확실한, 그런 스테이크 한 장, 그 누구도 폼파유[55]라고 칭송하지는 못할 프리트[56] 몇 조각, 그 누구도 상표를 평가해보거나 품질의 탁월함을 감정해보는 따위의 생각을 떠올려보지는 못할 적포도주 한 잔과 같은 것이다. 네 위胃는, 마치 단 한 번도 그런 적이 없었던 것처럼, 더 이상 차이를 느끼지 못하며, 그건 네 미각도 마찬가지다. 오히려 이런 어휘들이 보다 더 질긴 것이었다: 그러니까, 고기가 얇아지고, 질겨지고, 심줄이 성기게 느껴지거나, 프리트가 기름기에 절어 찐득찐득해진다거나, 포도주가 끈적끈적해진다거나 시큼하게 느껴지지 않게 되기까지는, 또한 처음에는 서글픈 느낌을 자아내는 가난뱅이들을 위해 마련된 식사나, 거지들의 음식이나, 무료 급식소의 수프나, 교외 장터의 너절한 행사음식 따위를 환기하는, 그래서 그 가치를 현저히 떨어뜨리는 수식어들이 조금씩 제 요지를 상실하게 되기까지는, 또한 막무가내로 이것들—지방 덩어리로 변해버린 프리트나 딱딱하게 굳어버린 고기나 떫게 변질된 포도주—과 결부되어 있던 우울함이나, 곤궁함이나, 결핍이나, 욕구나, 치욕과 같은 저 말들이, 풍성함이나, 호식이나, 향연과 같이, 바로 그 말들과 완벽하게 대립되는, 예들 들어, 샤롤레[57] 피에스[58]의, 파베[59]의, 등심 가운데에서도 노른자위 부위의, 레알 시장[60]에서 제일 유명한 곳의 소안심의, 피가 흥건하고 매우 부드러운 저 두툼함이라는, 또, 폼파유 내지는 폼-알루메트[61]의, 폼-수플레[62]의, 폼-도핀[63]의, 저 금빛으로 구워낸 바삭한 감촉이라

---

60 Les Halles. 오늘날은 사라졌으나, 1960년대 당시에는 소 도살장을 갖춘, 파리에서 가장 큰 고기 도매상이었다.
61 Pomme allumette. '성냥-감자'라는 뜻으로 감자를 가늘게 썰어 튀긴 것. 폼파유보다 굵다.

62 Pommes soufflées. 감자를 얇게 썰어 그 안에 공기를 넣어 튀긴 것.
63 Pommes Dauphine. 감자 크로켓의 일종으로, 1945년 스위스 핀두스에서 첫 냉동식품으로 나온 제품명이다. 1962년부터 프랑스에서도 판매되었다.

는, 바구니에 한아름 담긴 토속주의 감미로운 향기라는, 저 고상한 표식들을, 너 자신이 더이상 납득하지 못하게 되는 동시에, 더이상 너를 사로잡거나 네게 강력한 인상을 심어주지 못하게 되기까지는, 네게 얼마간의 시간이 필요했으리라. 이제부터 그 어떤 성스러운 활력소나 그 어떤 숭고한 감로甘露도, 네 접시와 술잔을 가득 채우는 일은 없다. 그 어떤 감탄의 탄식도 네 식사 시간에 터져나오는 일은 없다. 너는 고기와 감자튀김을 먹는다, 너는 포도주를 마신다. 거의 매일, 프티트 수르스 카운터의 종업원에게, 막 들어서자마자, 네가 주문하는, '간추린 메뉴'와 라 빌레트의 소갈비[64] 사이를 확연히 가르는 저 뛰어넘을 수 없는 차이도, 더이상 네게 위력을 행사하지 못하는 것이다.[65]

---

64 파리의 19구 지역으로, 도살장이 있었으며, 소갈비를 비롯하여 소고기 요리를 전문으로 한 레스토랑이 즐비하다.
65 이 단락은 롤랑 바르트 『신화론』(1957)의 「비프스테이크와 감자튀김」을 염두에 두고 집필한 것으로 보인다. 바르트가 "1954년에서 1956년까지 당시 대중문화의 사건들을 매달 하나씩 기록하면서 프랑스의 일상적 삶에 나타나는 몇몇 신화들을 어떤 원칙하에 사고하려 했다"(『신화론』의 「서문」)고 언급한 것을 상기해보라.

날씨가 좋거나, 날씨가 고약하거나,[66] 비가 오거나 아니면 태양이 작열하거나, 광풍이 불어오거나 아니면 나무에서 이파리 하나 움직이지 않거나, 새벽에 가로등이 꺼져버리거나, 석양이 그것을 다시 밝히거나, 네가 인파에 휩쓸려 길을 잃거나, 아니면 황량한 광장에 홀로 있거나, 너는 여전히 걷고 있으며, 너는 여전히 배회하고 있다.

너는 너를 멀리 돌아가게끔 강제하는, 금지사항들로 가득 채워진, 복잡한 일주를 고안해낸다. 너는 유적들을 보러간다. 너는 성당들을, 기마상들을, 공중화장실 부스들과 러시아 레스토랑들을 헤아려본다. 너는, 파리의 관문들 근처에서, 제방을 따라 진행중인 대형공사 현장을, 경작된 밭과도 엇비슷하게 한복판을 헤집어놓은 저 길들을, 상수도 배관들을, 한창 허물고 있는 건물들을 보러간다.

너는 네 방으로 돌아오고, 지나치게 폭이 좁은 네 장의자에 지쳐 쓰러진다. 너는, 얼빠진 놈처럼, 눈을 부릅뜨고 잔다. 너는 천장의 균열들을 헤아려보고, 그것들을 조직해본다. 그림자와 얼룩들의 결합과 네 시선이 조절되는 방향의 변화는 각별한 노력 없이도, 천천히, 네가 단 한순간에만 포착할 수 있는 수십 개의 새로운 형태들을, 깨지기 쉬운 구조들을 어떤 명사 하나에다 비끄러매면서 만들어낸다:

66 드니 디드로의 『라모의 조카』의 도입부를 차용한 것.

흩어지기 바로 직전의, 모든 것이 다시 되풀이되기 바로 직전의, 포도나무, 바이러스, 도시, 마을, 얼굴 같은 이름에: 이렇게, 어떤 표정이, 어떤 동작이, 어떤 실루엣이 출현하고, 점점 커지도록 네가 내버려둔 저 텅 빈 기호들이 차츰 윤곽을 잡아가고, 우발적인 것이 보다 구체화되어가는 상태라고나 할까: 너를 주시하는 어떤 눈알 하나, 잠자는 한 명의 남자, 어떤 소용돌이 하나, 돛단배의 가벼운 흔들거림, 나무 밑동, 그 내부로부터 한 점 한 점씩 여전히 어떤 한 얼굴의 밑그림이 보다 명확해지는, 터져나온, 지탱된, 되찾아낸 잔가지들, 방금 전의 또다른 얼굴과 차이가 날 듯 말 듯, 필경 좀더 어둡거나, 아니면 좀더 신중해보이는, 네가 그 두 귀와, 그 두 눈과, 그 목덜미와, 그 이마를 보지 않고서도 찾는, 애매모호한 웃음의 흔적과 필경 어떤 상처 자국—불명예스럽거나 아니면 영광스러울, 아니, 누가 그것을 알겠는가?—이 길쭉하게 늘려놓은 콧구멍의 그림자만을 포착하고, 또다시 발견하고, 하지만 그 즉시 다시 잃어버리게 되는, 불확실한 얼굴.

자주, 너는 혼자서 트럼프 게임을 한다. 브리지 게임 룰에 맞추어 패를 돌리고, 매주 『르 몽드』에 실리는 퀴즈를 풀려 시도해보지만, 너는 이 카드놀이에 서툴고, 또 네 손놀림에는 우아함이 결여되어 있다: 스퀴즈[67]에 대한, 불필요한 패 버리기[68]에 대한, 걸러보기[69]에 대한, 아무런 이론도 없다. 어느 날, 너는 특수한 카드 조합법 하나를 상상해냈는데, 한 팀이 손에 두 장의 오너 카드,[70] 그러니까, 에이스 한 장과 잭 한 장만을 들고서도, 시케인[71]과 롱 슈트[72]를 교묘하게 배분한 덕택에, 상대가 아무리 단단히 방어를 한다 해도, 그랜드 슬램[73]으로 승리하는 걸 가능하게 해주는 조합이었다; 그다음으로, 이 문제를 검토

---

67 squeeze. 상대(수비자)로 하려금 중요한 카드를 버리게 만드는 기술.
68 discard. 으뜸패도, 요구되는 무늬도 아닌 카드를 내는 것.
69 갖고 있는 상위 패를 바로 내지 않고 낮은 패를 내서, 상대방이 상위 패를 내게끔 유도하는 기술.

70 honors. 열세 장의 카드 중 상위 네 종(에이스, 킹, 퀸, 잭)이나 10을 포함한 다섯 종의 카드를 의미한다. 상위 네 종의 카드는 하이 카드High card라고 부른다.
71 chicane. 으뜸패trump가 전혀 없는 패.
72 long suit. 같은 무늬의 카드가 일련의 번호로 이어지는 패.
73 Grand slam. 13 이김수trick로 승리하는 것, 즉 상대의 패를 모두 따는 압승을 의미한다.

하고, 이런 승리 방식은 미리 선언할 수가 없으며,[74] 또한 이런 승부에
는 아무런 재미의 여지도 남기지 않았기에, 흥미가 훨씬 덜하다는 것
을 일단 알게 되자, 너는 더이상 브리지 게임에서 대단한 무언가를 기
대하지 않게 되었다.

너는 혼자 치는 카드 점의 마법과도 같은 재미에 푹 빠졌다. 너는
긴 의자 위에 열세 장씩 네 줄로 카드를 늘어놓고, 거기서 넉 장의 에
이스 카드를 빼낸다. 이 게임은, 에이스가 빠져서 생겨난 빈칸을 이용
해 남아 있는 마흔여덟 장의 카드를 순서대로 정리하는 게임이다; 만
약 이 빈칸 중 하나가 어떤 줄의 제일 앞이라면, 너는 거기에 2를 가져
다 놓을 수 있다; 예를 들어, 빈칸 옆에 6이 있다면, 너는 거기에 같은
색의 7을 놓아둘 수 있고, 7이 있다면 8을, 8이 있다면 9를, 잭이 있다
면 퀸을 가져다 놓을 수 있다; 만약 빈칸 옆에 킹이 연이어 있으면, 너
는 그 빈칸에는 카드를 놓을 수 없으며, 그 빈칸은 잃게 된다.

이 혼자 치는 점에서 운은 거의 아무런 역할도 하지 못한다. 만약
네가 평범하게 그저 순서에 따라 빈칸들을 움직인다면, 너는 네 개의
빈칸들이 킹과 맞닥뜨리는, 즉 실패하는 순간을 상당히 앞질러 예상
할 수도 있다; 하지만 분명한 것은, 네가 하나의 빈칸을, 이어서 또다
른 빈칸 하나를 이용할 수 있고, 수를 물리거나, 세번째 빈칸, 네번째
빈칸, 또다시 두번째 빈칸을 이용할 수가 있다는 것이다. 그럼에도 불
구하고 네가 성공하는 경우는 드물다: 게임을 진행할 수 없게 되거나,
카드의 절반이나 삼분의 일이 이미 완전히 분류되어, 킹을 맞닥뜨리
지 않고 빈칸을 메우는 것이 불가능해지는 순간이 반드시 찾아오게
마련인 것이다. 너는, 원칙적으로, 두 번 패를 바꿀 권리를 갖는다: 이
미 분류된 카드들을 자리에 그대로 놔두고, 그 밖의 카드들을 들어내

---

74 브리지는 시작 전에 비딩bidding이라는
코드화된 입찰과정을 통해 자신의 패를 파트너에게
알리고 공모해 도달할 수 있는 최적화된 승리
등급을 상대 팀에게 선언하고 계약하는 게임이다.
여기서 '너'가 고안해낸 패는 슬램을 달성할 수는
있지만 이 사실을 선언을 할 수는 없는 패에
해당된다. 왜냐하면 브리지의 비딩 과정은 결국
파트너가 어떤 비딩을 하는지를 지켜보고 파트너의
패를 추측해서, 자신의 패와 합쳐 최적화된 등급을
찾아 선언해야 하는데, '너'와 파트너의 패는 둘이
합쳐도 높은 등급의 카드가 몇 장 없기에, 정말
속임수를 써서 짜지 않는 한, 둘 다 무리하게 최고
등급인 슬램을 비딩할 수가 없는 패이기 때문이다.

어 뒤섞은 후, 네 개의 구간에다 이 카드들을 다시 배분할 수 있는 것이다. 하지만 주어진 이 두 번의 찬스를 네가 이용하는 경우는 거의 없다; 게임과 타협한 것처럼 느껴지면, 그 즉시 너는 모든 카드를 거두어들여, 두세 차례 뒤섞고, 새로 시도하려고 카드들을 다시 배열할 것이기 때문이다.

너는 카드를 뒤섞는다, 너는 카드를 배열한다, 너는 넉 장의 에이스 카드를 빼낸다, 너는 판을 바라본다. 너는 더러 우연에 기대어, 곧장 킹과 맞닥뜨리지 않도록, 그것에만 신경을 곤두세우며, 점을 보기 시작한다. 조금씩 게임이 정돈된다, 제약이 생겨난다, 가능성이 확실히 보이기 시작한다: 이쪽에서는 한 장의 카드가 벌써 제자리에 놓여 있고, 저쪽에서는 한 장의 카드를 옮기면 단 한 번에 대여섯 장의 카드를 정리할 수 있게 되고, 다른 쪽에는 너를 성가시게 하는 킹이 있어 옮길 수가 없다.

너는 거의 성공하지 못한다. 너는 이따금씩 꼼수도 부려본다, 고작 몇 번, 드물게, 갈수록 더 드물게. 이기는 게 중요한 게 아닐 바에야, 네 승리라고 하는 것이 대관절 무엇이며, 게다가 단지 신을 네 편으로 만드는 것 때문이라면 신의 호의를 끌어낼 훨씬 손쉬운 방법들이야 얼마든지 있기 때문이다. 하지만 너는 갈수록 자주, 갈수록 오래, 때로는 오후 내내, 어떤 때는 네가 아침에 일어난 이후로 줄곧, 또 어떤 때는 해가 뜰 때까지, 심지어 시간을 죽이기 위한 것조차 아닌, 허나 그 이상으로, 카드놀이를 한다.

이 게임에는 무언가 너를 홀리는 것이, 교각들 근처에서의 물장난이나, 천장의 미로나, 네 각막의 표면 위를 천천히 떠도는, 이제 막 희미해진 잔가지나, 이런 것들보다 필경 한결 더 너를 홀리는 것이 있는 것이다. 저들의 자리에 따라서, 저들이 놓이는 타이밍에 따라서, 각각의 카드는 꽤나 감동적이라 할 만큼의 밀도를 획득한다. 너는 방어한다, 너는 쳐부순다, 너는 구축한다, 너는 조합한다, 너는 복안 위

에 또다른 복안을 짜낸다: 아무것에도 소용되지 않는 연습, 그 무엇도
제재를 가하지 않는 위험, 지극히 하찮은 정돈들: 마흔여덟 장의 카드
가 너를 네 방에다가 붙잡아매고, 너는 그 방안에서, 10이 제자리에
놓여 있는지, 킹이 네게 저항할 수 있는지 없는지에 따라 행복해지는
것을 느끼기도 하고, 이와 달리 더듬거리는 네 계산 끝에 모든 패가 모
조리 불가능하다는 결론에 이르게 되면 너는 불행해지다시피 한다.
마치 이 고독하고도 소리 없는 전략이, 너에게 유일한 길을 내주었다
는 듯이, 너의 존재 이유가 되었다는 듯이.

63

밤이다. 뜨문뜨문 보이는 자동차들이 질풍처럼 지나간다. 물방울이
층계참의 수도꼭지에서 뚝뚝 떨어져내린다. 네 이웃은 말이 없어, 부재하거나 어쩌면 진즉에 죽었을 수도 있겠다. 너는, 옷을 죄다 입은 채, 네 장의자 위에, 목덜미 뒤로 양팔을 두르고, 두 무릎을 곧추 세운 채, 늘어져 있다. 너는 두 눈을 감는다, 너는 두 눈을 뜬다. 네 눈의 안쪽에서, 혹은 네 각막의 표면에서, 바이러스나 세균과 같은 형태들이, 위에서 아래로 천천히 떠다니고 있다, 사라졌다가, 거의 변화는 없지만, 조립해보면 겨우 어떤 가공할 만한 동물 모양을 만들어내는 레코드판이나 비누거품, 잔가지나, 배배 꼬인 필라멘트가, 돌연 한가운데로 되돌아온다. 너는 그것들의 흔적을 잃어버린다, 너는 그것들의 흔적들을 도로 찾아낸다; 너는 두 눈을 비비고, 필라멘트는 폭발하고, 다시 번져나간다.

다소간의 시간이 지나간다, 너는 졸리다. 너는 네 옆에, 장의자 위에, 펼쳐둔 채로 책을 내려놓는다. 모든 것이 불확실하고, 윙윙거린다. 네 호흡은 놀랄 만큼 규칙적이다. 검고 작은, 필시 비현실적이라고 해야 할 곤충 한 마리가 천장 균열들의 미로에서 예상치 않은 틈 하나를 만들어낸다.

너는, 밤으로, 낮으로, 길거리를 배회한다. 너는 소독약의 냄새가 끈덕지게 진동하는 동네의 영화관으로 들어간다, 너는 판매대에서 샌드위치를, 감자튀김을 사서 허겁지겁 먹는다, 너는 축제가 열린 마을 장터를 가로지른다, 너는 핀볼 게임을 한다, 너는 미술관으로, 장터로, 기차역으로, 도서관의 일반열람실로 간다, 너는 자콥 거리의 골동품상 쇼윈도를, 파라디 거리의 유리 상점들을, 생탕투안 동네의 가구 상점들을 쳐다본다.

시간의, 하루하루의, 주週의, 계절의 저 흐름에 맞추어, 너는 모든 것으로부터 너 자신을 분리시킨다, 너는 모든 것으로부터 너 자신을 떼어낸다. 너는, 네가 자유롭다는, 그 무엇도 너를 짓누르지 않는다는, 네 마음에 들지도 않고 들지 않는 것도 아닌, 일종의 취기를, 가끔이다시피 할 정도로, 발견하곤 한다. 너는, 마모되지도 않고 가벼운 흔들림도 없는 이와 같은 삶 속에서, 트럼프나 다소간의 소음이, 네가 너 자신에게 제공하는 다소간의 스펙터클이 네게 마련해주는 이 유보된 순간들을, 매력적이고, 이따금 새로운 감동으로 부풀어오르기도 하는, 완벽한 것이나 거의 다름없다시피 한 행복 하나를 찾아낸다. 너는 완전한 휴식을 알게 된다, 너는, 매 순간, 면제되고, 보호받는다. 너는, 그 무엇도 네가 기대하지 않는, 저 축복받은 괄호 속에서, 약속으로 충만한 저 공백 안에서, 살아간다. 너는 눈에 보이지 않으며, 맑고, 투명하다. 너는 더이상 존재하지 않는다: 시간의 연속과, 나날들의 연속과, 계절의 변화와, 세월의 흐름 속에서, 너는, 즐거움도 슬픔도 없이, 미래도 과거도 없이, 바로 그렇게, 단순하게, 확실하게, 층계참의 수도꼭지에서 떨어지는 물방울처럼, 분홍색 플라스틱 대야에 담긴 여섯 개의 양말처럼, 한 마리 파리나 혹은 바보 멍텅구리처럼, 게으름뱅이처럼, 달팽이처럼, 어린아이나 늙은 노인처럼, 한 마리 쥐처럼, 살아간다.

이따금, 어둠은, 스페이드 에이스의 불명확한 형태 하나를 우선해서
그려보인다: 서로 멀어지다가 크게 선회한 후 너를 향해 되돌아오는
두 개의 선이 뻗어나온, 애초의 어떤 점 하나가 네 앞에 있다.

　얼마 지난 후, 그것은 대양 하나가, 흑해 하나가 되고, 너는, 네 코
가 마치 물고기 뼈라도 되는 것인 양, 아니 오히려, 대형 여객선의 뱃머
리라도 된다는 듯, 그 위를 미끄러져 항해한다. 모든 것이 검다. 밤도
아니고, 어둡지도 않지만, 사진의 인화되지 않은 필름처럼, 검은, 본
래가 검은, 그와 같은 온 세상이며, 네 코의 양측에서, 필경 배의 옆면
일 네 두 눈을 따라, 길을 내는 물결들만이, 오로지 하얗거나, 혹은 잿
빛일 것이며, 바로 거기에, 스페이드 에이스가, 옛적에는, 이 항적航跡
의 서곡일 뿐이었다는 듯이, 시커먼 물 위로 미끄러지면서 네가 네 바
로 앞에다 파놓는 희끄무레하고 물결치는 흔적이라도 되는 것처럼,
새겨져 있었다. 물이, 움직이지 않는, 믿기지 않을 정도로 편편한, 심
지어 빛을 발산하지도 않는, 검은 바다가, 사방에서 너를 에워싸고 있
고, 그럼에도, 너는 각각의 세세한 부분들을, 하늘이 있다면 최소한
의 구름이라도, 수평선이 있다면 가장 작은 땅이라도 발견할 수도 있
을 것이라는 인상을 받는다. 하지만 바다만이 있을 뿐이고, 완전히 너
는, 쉽사리, 소리도 내지 않고, 흔들리지도 않고, 밭을 가는 쟁기보습

의 저 날처럼, 저 하얗고도 깊은 네 길의 궤적들을 가르고 나아가는, 뱃머리가 된다.

곧, 윗부분 어딘가에서, 어떤 여백 속에서처럼, 화면이 나타나 마치 영화의 필름이 그 위에 투사되기라도 한 것처럼, 똑같은 배가 제 모습을 드러내지만, 그러나 지금은, 윗부분 어딘가에서, 온전한 형체가 보이기 시작하고, 또 너로 말할 것 같으면, 갑판 위에서, 선교船橋에 팔꿈치를 괴고 있다고나 할까, 오히려 뱃전에서, 제법 로맨틱한 자세를 취하고 있다. 오랫동안이나 둘로 겹쳐진 이러한 인상은 온전하고도 명확하게 남겨지지만, 그래도 무엇인가가 네 신경을 긁어대고, 또 너를 걱정에 빠트리는데, 그 이유를 말하자면 우선, 너 자신이야말로 검은 바다 위를 미끄러지고 흰 파도를 일으켜 세우는 유일한 뱃머리인지를 네가 알고 있는지의 여부를, 또한 이것에 이어서, 아니 거의 동시에, 그러니까, 말하자면, 네가 이 뱃머리라는, 바꾸어 말해, 그 위에서, 네가 어느 정도 로맨틱한 자세로 갑판 위에서 팔꿈치를 괴고 있는, 움직이지 않는 선객이 되고 만, 온전한 한 척의 배라는, 이 자각 상태와 같은 무엇인가를 네가 알고 있는지의 여부를, 그게 아니라면, 아니 반대로 말해보면, 선교에 팔꿈치를 괴고 있는, 단 한 사람의 선객인 너를 태우고서, 검은 바다 위를 미끄러져가는 저 배 한 척과, 그리고 나서, 그 배의 유일하고도 세밀한 부위인 뱃머리가, 측정이 불가능할 정도로 한껏 부풀어올라, 파도를 가르면서, 배의 제 각각의 측면에다가 두툼하고도 하얀, 그러나 이윽고, 진짜 파도라고 하기에는 너무나도 훌륭하게 그려진 것이 분명해서, 오히려 이것이 어느 정도는 장엄하고 속도를 늦춘 것이나 아닌가 하는 느낌마저 불러일으키는 주름들이나 주름진 천들이라고 할 파도를 일으켜세우는 저 배가 먼저 있었던 것인지의 여부를, 네가 파악하는 지경에까지는 더이상 도달하지 못하기 때문이다.

오랫동안, 두 척의 배, 그러니까 부분과 전체, 뱃머리가 된 너의 코와 여객선이 된 너의 몸은, 이 양자를 서로 갈라놓는 것이 네게 허용되지 않은 상태에서, 나란히 항해하고 있는 것이다: 그러니까, 너는 고스란히 뱃머리인 동시에 배인 것이고, 또한 그 배 위에 있는 너 자신인 것이다. 뒤이어, 첫번째 모순이 생겨나지만, 그러나 그것은 필경 비율이나 각도의 차이에다가 그 책임을 물어야 할 광학적 환영일 뿐이다. 네게는 배가 천천히, 점점 더 느릿느릿 나아가고 있는 것처럼, 필경 네가 차츰씩 뒤로 물러서면서, 점점 더 위에서 그 배를 보는 것만 같이, 그러나 한편으로, 너는, 난간에 팔을 걸친 채, 조금도 작아지지 않아, 여전히 똑같이 보이는 상태에 머무는 것같이 너 자신이 느껴지게 되는, 또한 뱃머리로 말하자면, 뱃머리는 점점 더 빨리 나아가고, 더는 미끄러지지 않지만, 마치 모터보트나 심지어 쾌속정처럼, 그래서 정기선과는 전혀 닮지 않은 것처럼 네게 느껴지는 것이다.

그러자, 곧이어 보다 심각해지기 시작하는데, 형태를 취하고 있는 중인 바로 이 무언가가 끝의 시작이라는 사실을, 필경 경험 때문이겠지만, 마치 네가 미리 알고 있기라도 한 것처럼, 이렇게 말하는 건 또 왜 그런가 하면, 여전히 아무것도 드러나지 않았거나, 그게 아니라면, 아마도, 기껏해야, 전구적前驅的 증상[75]을 나타내는 신호이거나, 심지어 그 의미조차 확실치 않음에도 불구하고, 또 가능한 한 오래도록 어렴풋한 상태로 모든 것이 머물 것이라는 헛된 희망을 안고서라도 네가 명확해지기를 기다리는 어떤 징후일 뿐임에도 불구하고, 결코 너는, 예고되는 것들로부터 발생한 긴장을 고작해야 얼마간이라도, 아니, 단 몇 초 이상이라도 견뎌내지 못할 것이기 때문이며, 또 왜 그런가 하면, 이미 네가 주지하다시피, 깨어남은 너를 틈타 기회를 엿보고 있고, 이 깨어남을 야기하는 것은, 정확히 말하자면, 너의 초조함이며, 이 깨어남을 더러 늦추기 위한 너의 모든 노력은 한층 더 깨어나는 행위를 재촉할 뿐이라고 해야겠는데, 그러자, 언제나처럼, 아주 느리다고는 하지 못하겠지만, 흥분을 불러오는 동시에 고통스럽고, 경

---

75 'un signe prémonitoire'는 '어떤 전조'로 옮길 수 있으나, 의도하지 않은 상태에서 빠르고 반복적인 운동이나 소리를 내는 현상을 가리키기도 한다. 목적 없이 나타나는 간헐적 행동으로, 잠시 참을 수는 있지만 다시 나타난다. 눈에 이물감을 느껴서 깜빡이게 되고 목에 불편감을 느끼면서 소리를 내는 등, 고질적으로 반복되면 전구적 증상이라고 한다.

이로운 동시에 절망적인, 조금 지나서 지나칠 정도로 명확해지고, 순식간에 찔러대고 또 고통스럽다고까지 할, 어떤 느낌이 하나 솟구쳐 오른다. 터무니없는, 아니 아직은 오히려 완전히 터무니없다고는 못할, 그러나 터무니없음을, 벌써, 그리고 분명히 기약된 어떤 확신 하나가, 이와 같은 장면을 네가 미리 체험했다는, 또한 이 장면이 그 모든 세부사항까지도 정확한 현실의 기억이라고 확신하게 되는 느낌을 받게 되는 것이리라. 바다는 컴컴했다, 라는 식의, 배는 흰 포말을 양현 위로 날리며 좁은 수로를 천천히 나가고 있었다, 라는 식의, 배라고 하는 모든 배의, 또 승객이라면 승객 모두가 갈매기를 보면서 공기를 들이마시고 있을 때, 너는 제법 로맨틱한 자세로 갑판의 선교에 팔꿈치를 괴고 있었다, 라는 식의, 네가 지금 느끼고 있는 그것과 똑같은 감각을 너는 느끼고 있으며, 그러나 한편, 너는 지금 그 어떤 감각도 느끼지 못하거나, 그게 아니라면, 위태로운, 점점 더 위태로워지는, 어느 기억 하나의 불가능성과 불가역성을 동시에 깨닫게 될, 그런 감각을 느끼고 있는 것이리라.

보다 나중에, 한참이 지나서, 너는 몇 번이고 필경 눈을 떴고, 몇 번이고 반복해서 졸았다, 너는 오른편으로, 왼편으로 네 몸을 뒤집었다, 너는 등을 깔고, 또 복부를 깔고, 반듯하게 누웠다, 네가 전등이라도 켠 적이 있었던가, 네가 아마도 담배를 피웠던가, 보다 나중에, 한참이 지나서, 잠은 하나의 과녁이 되고, 아니, 그게 아니라, 반대로, 네가 오히려 잠의 과녁이 된다. 그것은 점멸點滅하는, 격화激化하는 하나의 초점이다. 네 앞에, 보다 정확히는 네 눈앞에, 때로는 왼편에, 때로는 오른편에, 한가운데는 절대 아닌 곳에, 작고도 무수한 흰 점들이 또 무수히 모여들고, 이윽고, 고양이과에 속하는 그 무슨 동물을, 측면에서 보자면 표범의 대가리와 같은 것을, 그려보이면서, 전방으로 나아가, 날카로운 송곳니 두 개를 드러내고서 점점 커지며, 그런 다음

에, 또 사라지고, 빛을 발산하는 또다른 점 하나에게 제 자리를 양보
하고서는 점점 불어나고, 이내 마름모가, 별이 되어서, 너에게 덤벼들
고, 굉장히 날쌔게, 네 오른손 근방을 지나, 최후의 순간에, 너를 비껴
난다. 이런 현상이 몇 번이고, 규칙적으로 반복된다: 처음에는 아무것
도 없고, 이어서, 빛을 겨우 발산하는 점 하나가, 윤곽을 잡기 시작하
는 표범의 대가리 하나가, 이윽고, 울부짖으면서, 날카로운 송곳니 두
개를 드러내며, 명확해지는 만큼 확대되고, 뒤이어, 반짝거리고, 또
번쩍이기라도 할 것 같은 점 하나가 점점 더 커지고, 마름모가, 별이,
뒤이어 반짝거리는 공이 되어, 네 쪽으로 다가와, 네가 그것을 만지
고, 그것을 느끼고, 그것을 듣는다고 믿게 될 정도로 네 옆 아주 가까
이에서, 아슬아슬하게 너를 피해 지나가고, 그 뒤를 이어, 오랫동안,
다시 또 아무것도 아닌 것에서, 흰 점들로, 표범의 대가리로, 차츰 커
지면서 너를 스쳐지나가는 별이 되는 것이다.

　　그 뒤를 이어, 오랫동안, 아무것도 아닌, 혹은 또, 훨씬 나중에 이
르러, 이따금씩, 어디선가, 폭발하는 백색의 천체와도 같은 무언가
가……

시간이 지나면서, 너의 냉담함은 가공할 만한 수준이 된다. 네 눈은 73
그 빛을 발산하게 해주었던 모든 것을 상실했다, 너의 실루엣은 완전
히 처져버렸다. 쓰라림 없는, 권태 없는, 평온함이 네 입가에 새겨져
있다. 너는, 길거리로 미끄러지듯 스며들고, 네가 입고 있는 옷가지의
저 균형 잡힌 마모에 의해, 네 걸음의 우유부단함에 의해, 보호받는,
좀처럼 건드릴 수 없는 사람이 되어간다. 너는 습득된 동작 말고는 아
무것도 하지 않는다. 너는 반드시 필요한 몇 마디 이외에는 입에 담지
않는다. 너는 이렇게 주문한다.

　—커피 한 잔,

　—여기 계산,[76]

　—세트 메뉴로, 포도주도 한 잔,

　—맥주 한 잔,

　—칫솔 하나,

　—승차권 한 묶음.[77]

　너는 돈을 지불한다, 너는 잔돈을 주머니에 넣는다, 너는 자리를
잡는다, 너는 먹거나 마신다. 너는 쌓여 있는 『르 몽드』지 가운데 맨
위에 있는 것을 집어든다, 너는 판매자의 나무통에 이십 상팀짜리 동
전 두 개를 집어넣는다. 너는 부탁합니다, 안녕하세요, 감사합니다,

[76] 폴리오 판에서 스테판 비고는 'une
avancée'로 표기된 이 구절을 선불이라는 뜻의
'avance'에 대한 페렉의 오기라고 지적한다.

[77] 르 클레지오의 『조서』(1963)를 패러디한 것.

또 뵙지요, 따위를 입 밖으로 내지 않는다. 너는 사과하지 않는다. 너는 네가 가야할 길을 누군가에게 묻지 않는다.

너는 배회한다, 너는 배회한다, 너는 배회한다. 너는 걷는다. 모든 순간들은 우열이 없어지고, 모든 장소들은 서로가 서로를 닮아 있다. 너는 결코 서두르지 않으며, 결코 길을 잃어버리지도 않는다. 너는 시간을 확인하기 위해 시계를 들여다보지 않는다. 너는 잠이 오지 않는다. 너는 배가 고프지 않다. 너는 결코 하품을 하지 않는다. 너는 결코 웃음을 터트리지 않는다.

너는 더구나 한가로이 걷는 것도 더는 하지 않는데, 왜 그런가 하니, 한가로이 걷는 것도 오로지 시간을, 시간표를 쥐어짜는 데 열중하는 사람들의 귀중한 몇 분을 도둑질할 수 있는 자들만이 할 수 있는 짓이기 때문이다. 처음에 너는 네 노선을 선별했었다, 너는 목적지를 정해두었다, 너는, 네 의지에도 불구하고, 율리시스의 여행[78]과도 같은 양상을 취하게 될, 복잡한 일주를 상상했었다. 너는, 다른 곳을 수도 없이 시도해본 후에, 빈자貧者를 위한 생쥘리앵 성당[79]을 성지순례 했다, 너는 카타콤의 입구 부근을 큰 원을 그리며 돌았다, 너는 에펠 탑 아래에 꼼짝없이 처박혀 있기도 했다, 너는 몇 군데 유적지의 정상에 오르기도 했다, 너는 교각이란 교각은 모두 건넜고, 강기슭이란 강기슭은 죄다 따라 걸었으며, 온갖 종류의 미술관이며 박물관들, 그러니까, 기메 박물관, 체르누스키 미술관, 카르나발레 미술관, 앙투안 부르델 미술관, 들라크루아 미술관, 니심 드 카몽도 미술관, 발견의 전당,[80] 트로카데로 아쿠아리움을 방문했다, 너는 바가텔 공원[81]의 장미 정원을, 몽마르트르 언덕의 해질녘을, 레알 광장의 새벽을, 사람들이 회사에서 빠져나올 무렵의 저 생라자르 기차역 주변을, 8월 15일 정오의 콩코르드 광장을 보았다. 허나, 목적이 관광에 있건 문화적인 이

78 아일랜드의 더블린을 무대로 1904년 6월 16일 아침 여덟시부터 다음날 오전 두시까지 일어난 일을 서술한 제임스 조이스의 『율리시스』(1922)를 암시하는 대목이다.
79 12세기 클리니 교단의 수도사들이 건축한 이 가난한 사람을 위한 생쥘리앵 성당은 수도 파리의 가장 오래된 종교 건축물 중 하나이며 파리 5구에 있다.
80 Palais de la Découverte. 파리 8구에 있는 과학박물관.
81 파리 16구에 있는 공원으로, 꽃동산으로 유명하다.
82 이차대전 중 독일군의 프랑스 점령기에 게슈타포 본부가 있었던 파리 16구의 거리 이름. 옛 귀족과 부르주아의 자녀들이 모인 '장송드사이 Janson-de-Saill' 고등학교가 있다.

유에서건, 혹은 실망으로 끝나는 것이건, 황당무계하건, 아니 심지어, 도발적이건(퐁프 가,[82] 소세 가,[83] 보보 광장,[84] 오르페브르 거리[85]), 어떤 목적지라고 하는 것은, 일종의 목표라고 할까, 예컨대, 어떤 긴장감이나, 어떤 의지나, 어떤 감동까지 막을 수는 없었다. 심지어 실망스럽다거나 조롱거리에 불과하다고 해도, 너의 관광은, 초현실주의자들[86]에 대한 막연한 기억에도 불구하고, 조심성의 원천, 시간의 사용법, 공간의 측정 방식이기도 하였다.

마찬가지로 너는, 네가 볼 영화를 더이상 고르지 않으며, 저녁 여덟시나 아홉시, 아니 열시경에 네가 처음 맞닥뜨리는 영화관에 마구잡이로 들어가고, 그 어두컴컴한 상영관 안에서, 세로가 더 긴 장방형의 공간에 항시 똑같은 모험담(예컨대, 음악, 마법의 주술, 기대감)을 엉성하게 그려내고 있는, 빛과 그림자의 배합이 생성되고 또 해체되는 것을 응시하고 있는, 한 관객의 그림자나 그 한 사람의 그림자의 그림자도 되지 못한다; 마찬가지로, 너는 무엇을 먹을지도 더는 선택하지 않으며, 식사에 변화를 주거나, 네 주머니의 저 밑바닥에서, 하루치의 용돈 가운데 삼분의 일에 해당하는, 일 프랑짜리 동전 다섯 개로 프티트 수르스 카페의 계산대에서 얻어낼 수 있을, 그러니까 대략 삼백 개 정도의 조합을 악착같이 시험하는 일 따위는, 단 한 차례도 하지 않는다; 마찬가지로 너는 수면 시간도, 읽을 책도, 의복도 더는 고르지 않는다……

너는 그저 가게끔 너 자신을 그냥 놓아둔다, 너는 그저 휩쓸리게끔 너 자신을 그냥 내버려둔다. 그러니까, 사람들이 샹젤리제 대로를 오르거나 내려가기만 하는 것으로도 충분한 것이며, 너를 몇 미터 가량 앞질러가는, 잿빛 거리에서 비스듬히 우회하는, 우중충한 뒷모습 하나로도 충분한 것이다; 그저, 한 줄기 빛이나 빛의 부재, 소음이나

83 이차대전 중 독일군의 프랑스 점령기에 온갖 고문과 심문을 자행했던 곳으로 유명한 독일 경시청 본부가 있었던 파리 8구의 거리 이름.
84 파리 8구의 거리 이름으로, 소세 가와 붙어 있으며 내무부 장관 집무실이 있다.
85 센 강변에 위치한 파리 1구의 거리 이름으로, 파리 경찰청, 재판소 등이 있다.

86 초현실주의자들은 인파로 뒤덮이거나 자잘한 상점들로 줄지어선 거리, 그중에서도 파사주에 대한 취향을 찬양하였다. 특히 이 대목에서 페렉은 파리의 거리와 파사주에 대한 집요한 관찰을 바탕으로 집필된 루이 아라공의 『파리의 농부』(1926)를 염두에 두고 있었던 것으로 여겨진다.

소음의 부재, 벽 하나, 무리 하나, 나무 한 그루, 물, 포치[87] 하나, 창살들, 벽보들, 포도鋪道들, 횡단보도 하나, 진열대 하나, 신호등 하나, 거리 표지판 하나, 담배 가게 간판, 잡화상의 진열대, 계단 하나, 원형 교차로 하나면……

너는 걸어가거나 너는 걸어가지 않는다. 너는 자거나 너는 자지 않는다. 너는 네 칠층에서 내려온다, 너는 칠층을 다시 올라간다. 너는 『르 몽드』지를 사거나 너는 그것을 사지 않는다. 너는 먹거나 너는 먹지 않는다. 너는 앉는다, 너는 눕는다, 너는 서 있는다, 너는 어느 극장의 어두운 상영관 안으로 스며들어간다. 너는 담배에 불을 붙인다. 너는 거리를 건넌다, 너는 센 강을 건넌다, 너는 멈춘다, 너는 다시 출발한다. 너는 핀볼 게임을 하거나 너는 하지 않는다.

이따금씩, 너는 네 방에서 줄곧 머문다, 사흘 동안인지, 나흘인지, 닷새인지, 너는 잘 알지 못한다. 너는 거의 쉬지 않고 내리 잠을 잔다, 너는 네 양말을, 네 셔츠 두 벌을 빤다. 너는 일전에 네가 스무 번이나 읽었던, 스무 번이나 잊어버렸던 탐정소설 한 권을 다시 읽는다. 너는 남아 있는 아주 오래된 『르 몽드』지에서 십자말풀이를 풀어나간다. 너는 네 장의자 위에다 열세 장의 카드를 네 줄로 늘어놓는다, 너는 에이스를 전부 빼낸다, 너는 하트 7을 하트 6 아래에, 클로버 8을 클로버 7 아래에, 스페이드 2를 제자리에, 스페이드 킹을 스페이드 퀸 아래에, 하트 잭을 하트 10 아래에 놓는다.

너는, 네게 빵이 있는 한, 빵에, 그다음에, 비스킷이 있다면, 비스킷에 잼을 발라 먹고, 그러고 나서는, 병 안의 잼을, 작은 스푼으로, 퍼먹는다.

87 서양건축에서 지붕이 있는 현관을 의미하며, 건물의 본체에서 앞으로 돌출되어 있는 곳을 말한다.

너는, 목덜미 뒤로 양팔을 두르고, 두 무릎을 곧추세운 채, 네 폭 좁은 장의자 위에 늘어진다. 너는 두 눈을 감는다, 너는 다시 두 눈을 뜬다. 배배 꼬인 필라멘트 선이 위에서 아래로 천천히 네 각막의 표면에 퍼져나간다.

너는 천장의 틈들을, 편린들을, 균열들을 헤아리고 또 조직해본다. 너는 네 금간 거울에서 비친 네 얼굴을 쳐다본다.

너는, 아직까지는, 혼자 말하지 않는다. 너는, 고함을, 특히 고함을 지르는 일 따위는 하지 않는다.

무관심은 저 시작도 끝도 없다. 그것은 그 무엇도 뒤흔들지 못할 확고부동한 상태이며, 어떤 하중이며, 어떤 무기력이리라. 아직도 외부 세계의 메시지들이 확고하게 너의 중추신경계에 가닿고 있지만, 신체기관 전부를 연루시킬 그 어떤 포괄적인 반응도 생성되지는 않는다. 최소한의 반사적 행동만이 남겨진 것이리라. 그러니까, 신호등에 빨간불이 들어올 때, 길을 건너지 않는다, 라거나, 네 담배에 불을 붙이기 위해 바람을 등지고서 돌아선다, 라거나, 겨울날 아침에는 옷을 더 껴입는다, 라거나, 폴로셔츠를, 양말을, 사각팬티와 러닝셔츠를 대략 일주일에 한 번씩 갈아입고, 침대 시트를 대략 한 달에 두 번이 못되게 교체한다, 라는 따위의.

무관심은 언어를 와해시키고, 낱말들을 뒤흔들어놓는다. 너는 인내심이 강하며, 또한, 너는 기대하지 않는다, 너는 자유롭고 너는 선택하지 않는다, 너는 얽매이지 않으며, 그 무엇도 너를 구속하지 않는다. 너는 아무것도 요구하지 않는다, 너는 아무것도 주장하지 않는다, 너는 강요하지 않는다. 너는 절대로 귀 기울이는 일 없이 그저 듣는다, 너는 절대로 주시하지 않은 채 그저 볼 뿐이다. 천장에 간 균열들을, 마룻바닥을 나누는 금들을, 타일들의 윤곽을, 네 두 눈 주위의 주름들을, 나무들을, 물을, 돌멩이들을, 지나가는 자동차들을, 하늘에 구름 모양을 도안하는 저 구름들을.

이제, 너는 고갈되지 않는 상태에서 산다. 하루하루가 침묵과 소음으로, 빛과 어둠으로, 겹겹으로, 기다림으로, 전율로 채워진다. 하루하루는, 너 자신을 쓸모없게 만드는 일에, 한번 더, 아니, 언제까지나, 매번 조금씩 더, 그렇게 결국엔 끝없이 떠돌아다니는 일에, 잠을, 다소간의 육신의 평화를, 발견하는 일에만 연관될 뿐이다: 체념, 무기력, 마비, 표류 같은 것을 찾아나서는 일. 너는 미끄러진다, 너는 흘러가도록, 머뭇거리도록, 너 자신을 내버려둔다. 빈 곳을 찾을 수 있도록, 거기를 벗어나도록, 걷도록, 멈추도록, 앉도록, 식탁에 앉도록, 팔꿈치를 괴도록, 눕도록 너 자신을 내버려두기.

꼭두각시의 동작들: 너를 일으키기, 너를 씻기기, 너를 면도시키기, 너를 입히기 같은. 물 위를 떠다니는 코르크 마개: 헤매러다니기, 무리를 쫓기, 어슬렁거리기 같은: 깊은 침묵 속의 여름, 닫힌 덧문들, 죽은 거리들, 끈적끈적한 아스팔트, 꿈쩍하지 않는 나뭇잎들의 거뭇거뭇한 초록색 주위로; 진열장의, 가로등의 차가운 불빛 속의 겨울, 카페 입구에 서린 수증기, 죽은 나무들의 검은 그루터기들.

너는, 시큼하고 퀴퀴한 냄새를 풍기는, 초라한 카페에, 비스트로에, 선술집에, 불빛도 없는 뱅 에 샤르봉[88]에 들어간다. 너는 꾀죄죄한 골목길에서 남루한 벽보들로 덕지덕지 얼룩진 방책을 따라, 샤를 미셸 역이나 샤토랑동 역을 향해 걷는다. 너는, 은퇴한 퇴물처럼, 늙은이처럼, 조그만 광장이나 공원의 벤치에 앉겠지만, 허나 너는 고작해야 스물다섯 살일 뿐이다. 너는 호텔의 로비에서, 모조 가죽 소파에 앉아 기다릴 것이다, 너는 오고가는 사람들을 쳐다본다, 너는 접어 포개어놓은 관광용 책자들, 『파리의 밤』,[89] 『인도 선박 횡단』,[90] 여기저

---

88 19세기 초, 프랑스의 중부 지방 아베롱 출신의 석탄 장수들이 파리의 빈민가를 중심으로 정착하여, 커피나 술, 음료 등을 석탄과 함께 팔았는데, 이들을 부그나bougnat라고 부른다. 이들은 '포도주와 석탄'이라는 뜻의 이 간판을 내걸고 카페를 운영했는데, 남편은 석탄을 팔고 아내는 손님에게 술을 내왔다.

89 *Paris la nuit.*

90 *Croisière aux Indes.*

91 *L'Echo de l'Hôtellerie française.*

92 *Revue du Touring-Club de France.* 1890년 결성되어 1983년 해단한 프랑스 관광 클럽에서 발행한 잡지.

기 널브러져 있는 잡지들,『프랑스 숙박시설의 반향』,[91] 『프랑스 관광 클럽 리뷰』[92]를 읽는다; 너는 인쇄소나 편집국 앞의 게시판에 나붙은 신문들을 읽을 것이다.『르 몽드』지,『르 피가로』지,『르 카피탈』지, 『라 비 프랑세즈』지 따위를. 너는 시립 도서관들을 어슬렁거린다, 너 는 신상을 카드에 기입한다, 너는 역사서들을, 교양서적들을, 정치가 들의, 등산가들의, 사제들의 회고록을 읽는다.

너는 인도를 따라 걷는다, 너는 도랑을, 주차된 차량들과 인도의 가장자리를 나누고 있는 제법 넓은 공간을 바라본다. 너는 거기서 구 슬들을, 작은 용수철들을, 가락지들을, 동전들을, 이따금 장갑을, 어 느 날엔가는 돈이 조금 들어 있는 지갑 하나를, 쪽지들을, 편지들을, 네 눈물을 자아낼 뻔했던 사진 따위를 또 거기서 발견한다.

너는 뤽상부르 공원의 뜰에서 트럼프 놀이를 하는 사람들을, 샤 요 궁전의 대분수를 바라본다, 너는 일요일에 루브르 박물관으로 간 다, 모든 전시실 앞을 멈추어 서지 않고, 가로질러 통과하여, 아주 특 이한 그림 한 점, 아주 특이한 오브제 하나 곁에 다다른다. 믿기 어려 울 정도로 활력이 넘치는, 윗입술 위로 아주 작은 흉터[93]가 있는, 르네 상스 시대의 한 남자의 초상화 곁에, 그 왼편에, 다시 말해, 초상화의 왼편에, 따라서 너에게는 오른편인 곳에, 조각된 돌 하나에, 뒤돌아보 지 않고 다시 출발하기 전에, 네가 한 시간, 아니 두 시간을 그 앞에서 머물게 될, 아주 작은 이집트 스푼 근처에.

끊길 줄 모르고, 지칠 줄도 모르는 걸음. 너는 눈에 보이지 않는 여행용 가방 꾸러미를 들고 있는 듯한 한 남자처럼 걷는다. 맹인의, 몽유병환자의 걸음, 너는 기계적인 발걸음으로, 끝도 없이, 네가 걷고 있다는 사실조차 망각할 정도로, 앞으로 나아간다.

79

---

93 페렉의 오른쪽 윗입술에도 똑같은 흉터가 있다. 페렉이 루브르에서 본 이 초상화는 15세기 이탈리아 화가 안토넬로 다메시나의 〈용병대장〉 (1475)이라는 그림이며, 이는 2012년 페렉 사후에 발표된 젊은 시절의 미발표 소설 제목이기도 하다. 『W 혹은 유년기의 추억』(1975)에서 페렉은 "이 흉터 때문에 루브르의 그림들 중에 이 그림을 가장 좋아하게 되었고, 〈용병대장〉과 그 흉터는『잠자는 남자』에서 지배적인 역할을 하게 된다"고 밝히면서 이 대목을 언급한다. 동시에 영화에서 남배우 자크 스피세 역시 페렉과 똑같은 곳에 흉터가 있는데, 이것이 그를 배우로 발탁한 "은밀하고 결정적인 이유"였다고 회상한다.

주도면밀한 만보객, 완벽한 야행성 딱정벌레,[94] 꼬맹이들조차도 겁내게 만들지는 못하겠지만, 펄럭이는 보자기 하나로도 허깨비로 착각하게 만들 귀신이 된다.

지칠 줄 모르는 보행꾼, 너는, 네 방의 검은 구멍에서, 네 썩어문드러진 계단에서, 네 침묵에 젖은 안뜰에서 튀어나와, 매일 저녁, 파리의 구석구석을, 가로지른다; 빛과 소음으로 가득한 지대 저 너머로. 오페라 대로를, 대로들을, 샹젤리제 대로를, 생제르맹 거리를, 몽파르나스를, 너는 죽은 도시에, 페레이르 지하철역이나 생탕투안 지하철역을 향해, 롱샹 거리에, 불르바르 드 로피탈에, 오베르캄프 거리에, 베르셍제토릭스 거리에 처박힌다.

밤새 열려 있는 카페들 몇 개. 너는, 선 채로, 꼼짝도 않고, 테두리가 둥글게 말려올라간 반투명의 두꺼운 판으로 된, 구리 볼트가 받침대에 붙박인, 유리 카운터에, 네 팔꿈치를 괴고 있다, 해군 세 명이 제 집념을 불태우고 있는 핀볼 게임기 쪽으로 몸을 절반쯤 돌린 채. 너는 적포도주나 퍼컬레이터 커피[95]를 마시고 있다.

놀라움도 없는 삶. 너는 피난처에 있다. 너는 잔다, 너는 먹는다, 너는 걷는다, 너는 계속해서 삶을 살아간다, 태평한 연구원이 미로 속에 넣어놓고서 까먹었을 수도 있는, 아침저녁으로 단 한 번도 틀리는 일 없이, 단 한 차례도 주저하지 않고, 제 사료통으로 이어지는 길을 찾아내고야 말, 왼쪽으로, 그다음 오른쪽으로 두리번거릴, 걸쭉한 먹이의 제 할당량을 받아내려고 둥글고 붉은 페달을 두어 번 밟을, 저 실험실의 쥐처럼.

그 어떤 위계질서도, 그 어떤 선호도 없다. 너의 무관심은 정지되어 있다: 잿빛에서 그 어떤 잿빛 풍경도 떠올리지 않는 잿빛 인간. 무감각한 것이 아니라, 그것은 바로 선택을 방기하는 것이다. 돌과 마찬가지로 물이, 빛과 마찬가지로 어둠이, 추위와 마찬가지로 더위가,

---

94 nyctobate. '밤'을 뜻하는 그리스어 nux, nukos와, '걷다'를 뜻하는 그리스어 batein을 합해 만든 신조어로, '몽유병환자noctambule'와 비슷하나, 이 단어에는 초시류의 곤충을 뜻하는 의미도 있다.

95 perco-café. 퍼컬레이션 기계로 끓여낸 고급 커피.

너를 사로잡는다. 아름다운 것도, 더러운 것도, 추한 것도, 손에 익은 것도, 놀람을 선사하는 것도 외면하는, 네 두 눈 속에, 저 천장에, 네 발치에, 저 하늘에, 금 간 네 거울 속에, 물속에, 돌멩이 속에, 인파 속에, 가는 곳마다, 언제나 생겨나고 또 사라지는 형태와 빛의 결합마저도 아예 포착되지 않는, 너의 발걸음과, 멈춰 서고 이내 미끄러지는 네 시선만이 존재할 뿐이다. 광장들, 길가, 작은 공원과 대로들, 나무와 울타리들, 여자들과 남자들, 아이들과 개들, 기다림, 인파, 차량들과 쇼윈도, 건물, 파사드, 기둥, 기둥머리, 보도, 도랑, 안개비 아래 반질거리는, 회색의, 혹은 거의 적색에 가까운, 거의 백색에 가까운, 혹은 거의 흑색에 가까운, 혹은 거의 푸른색에 가까운 사암沙巖 포석들, 침묵, 아우성, 야단법석, 역전驛前의, 상점들의, 대로 위의 군중, 인파로 거무스름해진 길거리, 인파로 거무스름해진 강기슭, 아침에도, 저녁에도, 밤에도, 새벽과 해질녘에도, 인적 없는 저 팔월 어느 일요일의 거리들.

지금 너는 이 세계의, 역사가 더는 손길을 내뻗지 못하는 그 세계의, 비가 내리는 것을 더는 느끼지 못하는, 밤이 오는 것도 더는 주시하지 않는, 익명의 지배자다.

너는 오로지 네게 속하는 확실한 것들만을 알고 있을 뿐이다: 네 삶이 지속된다는 사실을, 네 호흡의, 네 걸음의, 네 노화의 저 자명함을. 너는 사람들이 오고가는 것을, 군중과 사물들은 생겨나고 또 사라져버리는 것을 본다. 너는, 잡화상의 아주 조그만 유리창 너머로, 커튼 봉 하나를 보고, 그 순간, 네 두 눈은 고정된다: 너는 네 길을 지나쳐버린다: 너는 무감각한 것이다.

네 눈과 베개와의 만남은 어떤 산 하나를, 제법 부드러운 경사면 하나를, 사등분이나, 그게 아니면, 오히려, 공간의 나머지 부분보다 훨씬 어두워서, 전면으로 부각되고 마는, 원형 아치 하나를 생성해낸다. 이 산은 그다지 흥미롭지 않다; 이 산은 평범할 따름이다. 한순간, 네 정신은 네가 완성했어야 하나 정확히 그 정의를 내리지는 못했던 어떤 임무에 잠식당한다; 그 자체로는 중요하다고 할 수 없고, 또한, 어쩌면 변명거리일 뿐인, 네가 그 코드를 알고 있는지 확인해볼 기회일 뿐인, 어떤 임무에 관련된 것이라고 해야 할까; 그러니까, 너는, 예를 들어, 그 임무가 네 엄지손가락이나, 혹은 손 전체를 베개 위로 가져오게 하는 데 있다고, 그렇게 추정을 하는 것이며, 또 그 사실은 즉시 확인된다: 그러나 그렇게 해야만 하는 자가 과연 네가 맞는가? 위계질서 내에서 네 위치는, 몇 년간 네가 해냈던 봉사는, 네게서 이런 고역거리를 덜어내주지 않았던가? 두말할 것도 없이 임무 그 자체보다 이러한 물음이 훨씬 중요하며, 또한 너는 이 물음을 해결하기 위해 필요한 것이라고는 아무것도 갖고 있지 않으며, 너는, 오랜 시간이 지난 후, 네가 여전히 이와 같은 종류의 부채를 갚아야만 할 것이라고 생각해온 건 아니다. 게다가, 그 물음에 관해 숙고를 거듭하면서, 너는 물음이 아직도, 그리고 여전히, 복잡한 상태에 있다는 사실을 알아차린

다: 그것은 네가 네 역할에, 직위에, 근속 연수에 따라, 네 엄지손가락을 옮겨와야 하는지, 그렇지 않은지를 알아내는 데 있는 것이 아니라, 오히려 다음과 같은 것들과 연관된다: 여하간, 늦건 또 이르건 간에, 네가 네 엄지를 옮겨와야 한다는 것이며, 그러나 네가 충분하다 할 만큼 오랫동안 근무했다면, 위쪽으로, 만약 그렇지 않은 경우라면, 아래쪽으로 그렇게 해야 한다는 것인데, 물론 너는, 네게 상당해보일지도 모르는, 그러나 필경, 충분하다고 말할 정도는 아닌, 너의 근속 연수에는 조금도 생각이 미치지 못한다. 그 누구를 막론하고, 예컨대, 판관判官들 가운데 가장 공정한 사람조차도, 네가 충분하다 할 만큼 오래 근무했는지 그렇지 않은지의 여부를, 최소한의 위험 부담 없이 단언할 수 없을 명명백백한 순간이, 이 문제를 네게 제기하려고, 어쩌면 선택되었던 것은 아닐까?

물음은 네 두 발이나 네 허벅지와 관련해서도 똑같이 제기될 수 있다. 사실 이 물음은 아무것도 의미하지 않는다: 진정한 문제는, 접촉의 문제다. 원칙적으로, 두 가지 종류의 접촉이 있다: 침대 시트와 네 몸의 접촉, 네 왼쪽 허벅지와 네 오른발과 네 오른쪽 팔뚝과 네 복부의 어느 부위와 관련하여, 이는 용해이자 삼투이자 희석인 셈이다; 또한 네 몸과 네 몸 자체의 접촉, 네 살이 네 살을 만나고, 네 왼발이 네 오른발 위를 지나가고, 네 두 무릎이 서로 포개지고, 네 팔꿈치가 네 윗배를 누르는 것: 후자들은 예민해지고, 뜨겁거나 차가워지고, 혹은 뜨겁고도 차가워진다. 물론, 위험을 거의 감수하지 않고도, 이 모든 조작을 거꾸로 뒤집을 수도 있으며, 이와 반대로, 오른발 아래에 왼발, 왼쪽 허벅지 아래에 오른쪽 허벅지라고 주장해볼 수도 있다.

이 모든 것 중에서, 가장 명백한 것은, 물론, 양다리를 가볍게 구부리고, 양팔로 베개를 끌어안고서, 오른쪽으로 가로눕거나 왼쪽으로 가로누워도, 네가 잠들지 못한다는 사실이며, 그러나, 네가 동면하는 박쥐처럼, 아니면 오히려, 배나무에서 대롱거리는 지나치게 익어 버린 배처럼, 머리를 아래로 구부리고 매달려 있다는 것이다: 그러니까, 언제고 네가 저 아래로 떨어질지 모른다는 것이며, 그럼에도 그게 네게는 그다지 거북하게 보이지는 않는, 그러니까, 네 머리는 베개에 의해 완벽하게 보호되고 있는 것이며, 그러나, 아니, 그럼에도 불구하고, 아주 사소하다고 할 수 있을, 이 같은 위험에서 벗어나는 것이야말로 바로 네 의무인 것이다. 그러나 만약 네가 알고 있는 방법들을 네가 검토해나간다면, 네가 당초에 추산했던 것보다 상황이 훨씬 더 심각해진다는 사실을 네가 자각하는 데 그리 오랜 시간이 걸리지는 않을 것인데, 까닭인즉슨, 그러니까, 수평 감각의 상실이 수면에 유리하게 작용하는 경우가 매우 드물기 때문은 아닐는지. 비록 그것이 전혀 쾌적하지 않을 것이라고 네가 예상한다고 해도, 너는 어쨌거나 아래로 떨어지기로 작정을 해야만 하는 것이며, 다만 떨어지고서 언제쯤 멈추게 될지는 아무도 모르는 것이기도 하지만, 게다가, 아니 무엇보다도, 아래로 떨어지려면 어떻게 해야 하는지 너는 잘 모르고 있는 처지이기도 하고, 네가 떨어지기 시작하는 것은 네가 그 사실을 염두에 두지 않을 때만 그렇게 되는 것이라고 할 때, 더구나, 네가 때마침 그 것을 생각하고 있는 것이라면, 어떻게 네가 그것을 생각하지 않을 가능성이 여기에 있을 수 있단 말인가? 그것은 누구 한 사람도 진지하게 고찰하지는 않았던, 그럼에도 불구하고, 중차대한 사안인 것이다. 이 주제와 관련이 있는 텍스트들, 일반적으로 우리가 믿고 있는 그 이상으로 아주 빈번하게 발생하는, 이러한 상황들을 정면으로 마주하게 해줄, 확실한 텍스트들이 존재하는 것은 당연하다.

네 몸의 사분의 삼가량은 네 머릿속으로 도피해 있다; 네 심장은 네 눈썹 안에서 제자리를 잡았고, 거기서 적응을 완전히 끝마쳤으며, 거기서, 기껏해야, 아주 조금 지나치다 할 정도로 허둥거리며, 살아 있는 하나의 사물처럼 두근거릴 뿐이다. 너는 네 몸을 호출해야만 하고, 너는 네 사지가, 네 생식기가, 네 장기들이, 네 점막들이 온전한지 그 상태를 점검해야만 한다. 너는 네 머리를 복잡하게 만들고, 네 머리를 둔탁하게 하는 이 모든 부위들을 네 머릿속에서 쫓아버리고 싶겠지만, 이런 생각과 동시에, 너는 최대치를 지켜냈다는 사실을 자축하기도 할 것인데, 이유인즉슨, 나머지 모든 것들이 상실되었고, 네가 더는 두 발도, 두 손도 갖고 있지 않으며, 네 장딴지도 완전히 물처럼 녹아내려버렸기 때문이다.

86   모든 것이 점점 더 까다로워진다: 너는 우선 네 팔꿈치를 걷어내야만 할 것이고, 이렇게 해서 비워진 공간에, 너는 네 복부의 어느 한 부분을, 그 이하도 마찬가지로, 네가 어림잡아 다시 구축될 때까지, 집어넣을 수 있을 것이다. 그러나 이렇게 하는 것은 끔찍하리만큼 어렵다: 빠진 조각들이 있거니와, 게다가 겹쳐지는 부분들도 있고, 터무니없이 비대해진 또다른 부분들도, 완전히 제멋대로 나뒹굴며 영역 요구를 내비치는 다른 부분들도 있는 것이니까: 네 팔꿈치는 그 어느 때보다 더 팔꿈치가 된다, 너는 이 정도까지 팔꿈치가 될 수 있다는 사실을 잊고 있었다, 손톱 하나가 네 손에서 자리를 잡았다. 그야 물론, 늘상 이런 순간이야말로 바로 사형집행인들이 간섭하려고 선택을 감행하는 때이다. 누군가가 네 입에다가 분필 가루가 잔뜩 묻어 있는 스펀지를 쑤셔박는다, 또다른 누군가가 네 두 귀에 탈지면을 한아름 채워넣는다; 세로톱의 목수 몇 명은 네 골공骨空 속에 자리를 잡았다, 방화광放火狂이 네 위胃에 불을 지른다, 가학 취향의 재단사들이 네 다리를 압축시켜버리고, 지나치게 비좁은 외투 속으로 너를 목까지 쑤셔박아버리고, 넥타이로 네 목을 조른다; 굴뚝청소부와 그의 조수는 네 식도 안으로 매듭진 로프를 밀어넣었고, 가상할 만한 노력에도 불구하고, 그들이 그 로프를 도로 빼내는 데까지 이르지는 못한다.

그들은 거의 매번 찾아온다. 너는 그들을 잘 알고 있다. 너는 안심하다 만다. 그들이 여기에 있다는 것은, 잠이 더는 멀리에 있는 게 아니라는 것이다. 그들은 너를 약간 고통스럽게 할 테고, 그런 후, 그들은 싫증을 내다가 너를 편안하게 그냥 놓아둘 것이다. 그들은 너를 아프게 한다, 이 사실을 모르는 것은 아니다, 하지만 너는, 네가 느끼는 모든 감각처럼, 너에게 떠오르는 모든 생각처럼, 네가 느끼는 모든 느낌처럼, 네 고통을 대면하고 있다, 완전히 초연한 상태로. 너는 이 사형집행인들을 통해, 놀랄 것도 없는 저 놀란 상태에, 경악할 것도 없는 저 경악스러운 상태에, 고통 없는 저 기습을 당한 상태에 처한 너 자신을 바라본다. 너는 그들이 잠잠해지기를 기다린다. 너는 그들이 원하는 모든 신체기관을 기꺼이 그들에게 양도한다. 너는 그들이, 네 배를, 네 코를, 네 목을, 네 두 발을 두고서 서로 다툼을 벌이는 것을 멀찍이 떨어져 바라만 본다.

87

그러나, 자주, 아주 빈번히, 거기에는 궁극의 함정이 도사리고 있다. 그때 가장 고약한 자가 태어난다. 그는 지각할 수 없을 정도로, 천천히 올라온다. 우선은 모든 것이, 지나치게 고요하다 할 만큼 고요해지고, 지나치게 정상이라 할 만큼 정상이 된다. 모든 것이 전혀 움직이지 않을 것만 같아 보인다. 하지만 그런 다음에, 너는, 점점 더 집요해지는 어떤 확신과 더불어, 네가 네 몸을 상실했다는 사실을 알게 된다, 알기 시작한다, 아니 그런 것은 아닐 터인데, 오히려, 너와 멀지 않은 곳에서 네가 그를 본다고 해야 하나, 그럼에도 너는 결코 그와 합류하지는 못할 것이다.

너는 이제 눈알 하나에 불과하다. 거대하고 붙박인 눈알 하나, 좌초된 네 몸뿐 아니라, 너와 더불어 모든 것을 보는, 보면서 보여지는, 흡사 제 눈구멍 속으로 완전히 되돌아가버렸다는 듯, 아무 말도 하지 않고서, 너를, 너의 내면을, 검고, 텅 빈, 불길하고, 겁먹은, 너의 무기력한 내면을 주시하고 있던 눈알. 그 눈알은 너를 쳐다보고 있고, 그 눈알은 너를 못박아버린다. 너는 너를 보는 일을 결코 멈추지 않을 것이다. 너는 아무것도 할 수 없다, 너는 너에게서 빠져나갈 수 없다, 너는 너의 시선을 피할 수가 없다, 너는 결코 그렇게 하지 못할 것이다: 설령 네가, 그 어떤 요동도, 그 어떤 호출도, 그 어떤 화끈거림조차 너를 깨울 수 없을 만큼 깊은 잠에 빠져들게 된다고 하더라도, 여전히 이 눈알, 결코 감기지 않을, 결코 잠에 빠지지 않을 너의 눈알은 존재하고야 말 테니까. 너는 너를 보고, 너는 너를 보는 너를 보고, 너는 너를 바라보는 너를 바라본다. 네가 잠에서 깨어난다 하더라도, 네 시력은 동일하게, 확고부동하게 유지될 것이리라. 설령 네가 수천 겹의, 수십억 겹의 눈꺼풀을 네게 덧붙인다 하더라도, 여전히, 뒤에서, 이 눈알은, 너를 보려고, 거기에 있으리라. 너는 잠을 자지 않는다, 그러나 잠이 더이상 찾아오지 않을 것이다. 너는 깨어나지 않으며 또한 너는 결코 깨어나지 않을 것이다. 너는 죽지 않았고 죽음조차도 심지어 너를 해방시킬 수는 없으리라……

그러나 쥐들은 잠을 자려고 몇 시간이고 애쓰지 않는다. 그러나 쥐들은 공포에 사로잡혀, 땀에 흠뻑 젖은 채 소스라치며, 깨어나지 않는다. 그러나 쥐들은 꿈꾸지 않는다, 그리고 너는 네 꿈에 맞서 과연 무엇을 할 수 있을까?

그러나 쥐라는 놈은 발톱을 물어뜯지 않으며, 너덜너덜해진 상처 이외에는 제 발톱이 아무것도 아닌 것이 될 때까지, 몇 시간이고 줄창, 특히 체계적으로 그렇게 하지는 않는다. 너는 손톱의 중간까지 각질을 뜯어내고, 손톱에 살이 붙어 있는 부위를 망가뜨린다; 피가 맺힐 때까지, 조금 스치기만 해도 몇 시간이고 네가 참을 수 없는 지경에 이르게 될 정도로, 네 손가락이 고통을 겪게 될 때까지, 네가 그 무엇도 붙잡을 수조차 없으며 소독약에 네 손을 집어넣을 수밖에 없게 될 때까지, 너는 손가락 끝마디를 집요하게 좇다시피 하면서 죽은 피부를 뜯어낸다.

그러나 쥐라는 놈은, 네가 알고 있다시피, 핀볼 게임을 하지 않는다. 너는 몇 시간이고, 며칠 밤이고, 광분하고, 열에 들떠, 기계에 바짝 달라붙는다. 너는, 기계에 들러붙어, 강철 구슬의 반동을 힘차게 허리로 되받아내면서, 헐떡거린다. 너는 용수철의 반동에, 번쩍이는 불빛에, 숫자들에, 게임의 추이에 몹시 열중한다.

눈알에 불이 들어오고, 손부채가 아래로 내려가는, 색 입힌 여인들.[96] 너는 틸트[97]를 상대로는 싸울 수는 없다. 너는 게임을 해도 좋고, 하지 않아도 그만이다. 너는 대화에 참여할 수 없다, 너는 틸트가 네가 말해줄 수 없는 것을 틸트에게 말하게 할 수는 없다. 네가 아무리 틸트에 대항해 몸을 밀착시키고, 틸트에 맞서 조바심을 내보아도, 아무런 소용이 없는데, 틸트는 네가 느끼는 우정에, 네가 간청해마지 않는 사랑에, 너를 잡아끄는 저 욕망에, 무감각한 채로 있을 뿐이다. 천사백 점이면 충분할 텐데도, 육천 점이라, 그것이 너를 더욱 상처로 물들이고, 약간 더 너를 몰두하게 할 뿐이다.

너는 거리를 배회한다, 너는 어떤 영화관에 들어간다; 너는 거리를 배회한다, 너는 어떤 카페에 들어간다; 너는 거리를 배회한다, 너는 센 강을, 푸줏간들을, 열차들을, 포스터들을, 사람들을 바라본다. 너는 거리를 배회한다, 너는 영화관에 들어가서, 네가 방금 본 영화와 엇비슷한 영화를, 호의와 음악으로 흘러넘치는, 지나치게 지적인 한 남자가 술회하는, 몹시 복에 겨운, 저 판에 박은 스토리를, 휴식 시간이 지난 후, 네가 스무 번도, 아니, 골백번도 넘게 보아왔던 광고들을, 네가 열 번도, 스무 번도 넘게 보아왔던 뉴스를, 정어리에 관해서인지 태양열에 관해서인지, 하와이에 관한 것인지, 국립도서관에 관한 것인지, 아무튼 어떤 다큐멘터리 한 편을,[98] 이미 네가 보았고 이제부터

96 작품이 집필되던 1965~1966년 당시 프랑스뿐 아니라 전 세계적으로 인기를 끌던 핀볼 게임기 'dancing lady'를 묘사한 듯하다. http://www.arcade-museum.com/game_detail.php?game_id=1815 참조.

97 핀볼 기계를 몸으로 흔들어 볼을 유도하는 반칙행위를 막기 위해 고안된 장치. 1932년까지 핀볼 기계에는 틸트 메커니즘이 도입되지 않았고, 초기의 기계는 전기가 아닌 순수한 역학적 힘으로 작동되었다. 스프링이 달린 막대손잡이로 구슬을 쳐서 경사지게 놓여 있는 통로로 구슬을 밀어올리고, 위로 쳐올린 구슬이 떨어지면서 전기선과 연결되어 있는 부분을 지나면 기계의 꼭대기에 있는 점수판에 점수가 기록된다. 득점시에 벨이 울리면서 불이 들어오며, 그 배경은 주로 여인으로, 그녀의 양팔은 부채 모양으로 가로로 펼쳐져 있다. 핀볼 게임이 인기를 끌면서 스프링 막대손잡이 대신 레버와 단추를 이용하기

한번 더 보게 될, 그 영화의 예고편을, 분산된 타이틀과 곁들여, 에트레타의 해안가를, 바닷가를, 갈매기들을, 모래 위에서 노니는 아이들의 모습을 본다.[99]

너는 나온다, 너는 지나치게 밝은 거리를 배회한다. 너는 네 방으로 올라간다, 너는 옷을 벗는다, 너는 침대 시트 속으로 스며들어간다, 너는 불을 끈다, 너는 두 눈을 감는다. 허겁지겁 옷을 벗은 꿈속의 여인이 네 주위로 밀착해오는 시간이, 백 번가량 읽었던 책들로 인해 네가 지치게 되는 시간이, 잠을 이루지 못하고 네가 백 번가량 뒤척이고 또다시 뒤척이는 시간이 찾아온다. 어둠 속에서 두 눈을 크게 뜬 채, 재떨이를, 성냥을, 최후의 담배 한 개비를 찾으려고 폭 좁은 장의자의 다리께를 네 손으로 더듬어나가면서, 네가 네 불행의 규모를 차분하게 헤아려보는 그런 시간이 온다.

이제 너는 밤에 일어난다. 너는 거리를 배회한다, 너는 로즈버드에서, 해리스에서, 바의 타부레[100] 위에 올라앉았거나, 혹은, 네 방의 맞은편에 있는 것이나 마찬가지인, 생토노레 거리의, 프랑코-스위스에 가 앉거나, 레알 지역의 한 카페에서 테이블 하나를 차지하고서, 맥주 한 잔이나, 블랙커피 한 잔이나, 혹은 적포도주 한 잔을 마주 놓고, 거기서 몇 시간이고, 문을 닫을 때까지, 머문다. 너는 여러 부류의 사람들, 푸줏간의 점원들이, 꽃장수들이, 가두에서 신문을 파는 아이들이, 흥청거리는 한 떼의 무리들이, 외로운 술주정뱅이들이, 여자들이 오고 또 가는 것을 바라본다.

너는 혼자이고 또 너는 표류한다. 너는, 발육이 나쁜 나무들을, 표면이 벗겨진 파사드를, 거무스름한 포치를 따라, 황량한 거리를 건

시작했고, 작동자가 기계를 보다 용이하게 조정할 수 있게 개량되었으며, 핀볼 기계에 '보디 액션'이라 불리는 신체적인 힘을 가할 수 있게 되었다. 이 힘이 가하는 추진력은 절단 스위치로 통제할 수 있을 정도까지만 허용되며, 작동자가 지나치게 큰 힘을 가할 경우 '기계가 동요되었다'는 의미의 '틸트 tilt 표시기에 불이 들어오고, 이 순간 핀볼 게임이 자동적으로 종료된다.

98 "정어리에 관한 다큐멘터리 한 편"은 레몽 크노의 『뤼엘로부터 멀리』(1944)를 암시한다.
99 1966년 클로드 를루슈 감독의, 아누크 에메와 장루이 트랭티냥이 주연한 영화 〈남과 여〉(1966)를 말한다.
100 tabouret. 팔걸이나 등받이가 없으며 발을 올려놓는 테로 의자의 다리를 둥글게 감싼, 흔히 바에서 바텐더를 마주보고 혼자 앉을 때 주로 앉는 의자. 스툴과 유사하다.

는다. 너는, 바티뇰 대로[101]의, 팡탱[102]의 저 고갈될 줄 모르는 비열함 속으로 들어간다. 너는 오로지, 오래전부터 물이 나오지 않는 발라스 수돗가[103]를, 낡은 성당들을, 제 복부를 까뒤집은 공사장을, 희끄무레한 벽들을 마주칠 뿐이다. 철책이 너를 가둬버리는 소공원을, 하수구 부근에 고여 생성된 늪지대를, 공장의 괴물과도 같은 문짝들을. 유럽가街 부근의 철육교 아래에서, 증기기관차가 뽀얀 연기를 내뿜는다. 바르베스 대로에서, 클리시 광장에서, 초조한 군중은 하늘을 향해 제 눈을 들어올린다.

너는 고독이라는 마법의 굴레에서 벗어나지 않을 것이다. 너는 혼자이고 너는 그 누구도 알지 못한다; 그러니까, 네가 그 누구도 알지 못해서 너는 혼자인 것이다. 너는 다른 사람들이 군집하는 것을, 서로 악수를 나누는 것을, 서로 격려하는 것을, 서로 얼싸안는 것을 본다. 그러나 너는, 눈빛은 죽어 있어, 그저, 투명한 유령이거나, 잿빛의 나병환자이거나, 진즉에 가루가 되어버린 실루엣이거나, 아무도 가까이 다가오지 않는 점거된 자리일 뿐이다. 너는 일어날 법하지 않은 만남들을 기대하고자 애쓴다. 하지만 가죽이, 구리가, 나무가 반짝이기 시작하고, 빛이 부드럽게 스며들거나, 잡음이 잦아들거나 하는 건, 너를 위한 것이 아니다. 너는 혼자이다, 무겁게 차오르는 담배연기에도 불구하고, 레스터 영[104]이나 콜트레인[105]에도 불구하고, 술집 바의 내부를 휘감는 저 열기 속에서, 네 발소리가 울려오는 텅 빈 거리에서, 유일하게 문을 연 비스트로와 비스트로 사이에서 음흉하게 고개를 쳐들기 시작하는 저 공모 속에서, 너는 혼자이다.

오로지 한 번만 네가 대적해나갈 적들이, 아연실색케 할 저 뱀들의 쉭쉭대는 차가운 소리를 알게 되는, 알아보게 되는 시간이, 고독과 초조함으로 싸늘하게 얼어붙은, 네 시선에 의해 상실되고, 저버리게 된, 때맞춰 물러나는 그런 시간이, 최소한의 자질구레한 것들에 점점 더 날카로워지고, 점점 더 헛되어가는 지각작용이 존재한다. 머리카

---

101 Batignolles. 파리 17구의 대로 이름.
102 Pantin. 파리 북동부의 근교로, 빈민가가 몰려 있는 파리 근교의 도시 생드니에 위치하고 있지만, 파리를 다른 위성도시와도 연결해주는 지역이다.
103 파리 시가의 분수식 수도. 영국인 리처드 월리스가 파리시에 기증한 것에서 연유했다.
104 Lester Young(1909~1959). 미국 색소폰 연주가. 『나는 기억한다』를 비롯하여 페렉의 여러 작품에 등장한다.

락의 모양새, 유리잔의 그림자, 버려진 담배 한 개비에서 피어오르는 기미, 도로 닫히는 대문 두 짝의 최후의 떨림 같은 것들. 그 무엇인들 너를 벗어나겠느냐마는, 너는 아무것도 붙잡지 않는다, 그게 아니라면 너무 늦게, 늘 너무 늦게, 그림자들, 반사광들, 균열들, 비켜가는 것들, 웃음들, 하품들, 피로 혹은 포기 따위를.

　불행은 네 위로 녹아들지 않았다, 네 위를 덮치지 않았다; 불행은 느린 속도로 스며들었을 뿐이다, 달콤하다 할 정도로 배어들었을 뿐이다. 불행은 섬세하게, 네 삶에, 네 동작 하나하나에, 네 시간과 시간에, 네 방으로, 마치 오랫동안 감춰두었던 진실마냥, 줄곧 거부되었던 하나의 진리처럼, 젖어들었을 뿐이다; 질기고도 집요하게, 미소하고도 가차없이, 불행은 천장의 균열들을, 금이 간 거울에 비친 네 얼굴의 주름들을, 저 늘어놓은 카드들을 점령하였다; 불행은 층계참 수도꼭지의 물방울 안으로 흘러들어갔다, 불행은 매 십오 분마다 생로크 교회의 종을 울린다.
　함정, 그것은 흥분을 차오르게 할 정도의 그런 감정, 그런 오만, 그런 부류의 도취였다; 너는, 그러니까, 필요한 것은 도시일 뿐이다, 라고, 도시의 돌멩이와 거리들, 너를 끌고다니는 사람들의 무리뿐이다, 라고, 그저 프티트 수르스 계산대의 한 귀퉁이, 변두리 어느 영화관의 앞줄 좌석 하나뿐이다, 라고 믿어왔다; 필요한 것은, 네가 매일 되돌아오는, 네가 매일 빠져나오는, 거의 마법과도 같은, 네 방, 네 소굴, 네 우리, 네 둥지, 이제부터 그 무엇 하나도, 천장의 균열 한 줄조차도, 책꽂이 목판의 나뭇결 하나조차도, 벽지에 새겨진 꽃잎 하나조차도, 더는 너의 인내심에 의탁하지는 않는, 바로 이 장소뿐이다, 라고. 너는, 다시 한번, 폭 좁은 장의자 위에서 쉰두 장의 카드를 늘어놓는다; 너는, 다시 한번 더, 형태 없는 미로의, 생겨날 법하지 않은 출구를 찾아나선다.

너는 네 능력을 상실했다. 너는 더이상 네 각막의 표면 위에서 느릿하게 떠다니는 거품이나 잔가지를 쫓는 법을 알지 못한다. 그 어떤 얼굴도, 그 어떤 승리에 찬 기마행렬도, 그 어떤 지평선 위의 도시도, 그 무엇 하나조차, 균열과 그림자를 통해 해독하게끔 놓아두지 않는다.

함정이란: 그것은—무어라 말하면 좋을까?—뛰어넘을 수 없게 되는, 그 어떤 발판도 외부 세계에 제공하지 않는다는, 건드릴 수 없이, 뜬 눈으로 눈의 전방을 주시하면서, 모든 것을, 가장 작고 사소한 것들을 지각하면서, 그 무엇 하나 잡아매지 않으면서, 그저 미끄러진다는, 저 위험한 환영이랄까. 깨어 있는 몽유병환자, 앞을 보게 될지도 모를 맹인. 기억 없는, 두려움 없는 존재.

그러나 활로도, 기적도, 그 어떤 진리도 존재하지 않는다. 딱딱한 껍질들, 갑옷들. 모든 것이 시작된, 모든 것이 멈추어버린, 바로 이 숨 막히는 날 이후로. 너는 현관 앞 계단의 돌 부스러기, 파사드의 벽돌들을 네 오른손으로 두드리며, 어두컴컴한 거리의 지저분한 벽들을 바싹 지나간다. 너는, 센 강의 기슭에서, 어떤 다리의 아치를 파고드는 미세한 소용돌이를 몇 시간이고 응시하기 위해, 자리를 차지하고 앉아, 두 발을 건들거린다. 너는 늘어놓은 네 쉰두 장의 카드에서 에이스 넉 장을 추려낸다. 대체 몇 차례나, 너는, 팔다리가 잘려진 것과도 같은 이 똑같은 동작을, 그 어디로도 안내하지 않는 이 똑같은 코스를 반복했던가? 보잘것없는 너의 은신처들, 어리석은 너의 참을성, 매번 출발점으로 너를 도로 데려가는, 수많은 모퉁이들 말고는, 네가 도움을 요청할 데라고는 아무 데도 없다. 소공원에서 박물관까지, 카페에서 영화관까지, 강기슭에서 정원들까지, 기차역의 대합실에서 대형 호텔의 로비들, 모노프리들,[106] 서점들, 화랑들, 지하철의 통로들까지. 나무들, 돌멩이들, 물, 구름, 모래, 벽돌, 빛살, 바람, 비. 이런 것들이 오로지 네 고독을 헤아려주는 것이다. 네가 무엇을 하건

간에, 네가 그 어디를 가든 간에, 네가 보는 것들은 죄다 중요하지 않고, 네가 하는 모든 것들은 헛되고, 네가 찾는 모든 것들은 가짜다. 이르거나 빠르건 간에, 매번, 네 면전에서 다시 네가 발견하게 되는 것은, 우호적이건, 아니면 처참하건 간에, 오로지 고독만이 존재한다는 사실뿐이다; 그러니까, 매번, 도움도 없이, 당황하건, 혹은 공포에 떨건, 절망하건, 혹 초조해하건, 고독 앞에서, 너는, 혼자인 채로 머무는 것이다.

너는 말하는 것을 멈추었으며 오로지 침묵만이 너에게 대꾸하였다. 그러나 너는, 이 말들을, 네 목구멍에 머물고 있는 이 수천, 아니 수만 가지 말들을, 이 두서없는 말들을, 기쁨의 함성들을, 사랑의 언어들을, 바보 같은 웃음들을, 대관절 언제 다시 누리게 될 터인가?

지금 너는 침묵의 공포 속에서 살아간다. 허나, 너는 모든 사람들 가운데에서도 가장 침묵하는 자가 아니었던가?

괴물들이, 네 삶 속으로 밀려들어온다, 네 동료들인, 네 형제들인, 저 쥐새끼들이. 열 마리가량이, 백 마리가량이, 수천 마리의 괴물들이. 너는, 감지되지 않는 신호로, 그들의 침묵으로, 은밀하게 진행되는 그들의 동작으로, 너의 그것과 마주쳐 엇갈릴 때면, 옆으로 비켜 서는, 부유하는, 동요하는, 겁을 집어먹은, 그들의 시선으로, 그들을 솎아내고, 그들을 알아본다. 불결한 그들의 고미다락 창문으로부터 한밤중에도 여전히 빛이 새어들어오고 있다. 그들의 발소리가 밤에 울려퍼진다.

쥐들은 서로 말을 나누지 않는다, 서로 마주칠 때조차도 서로를 주시하지 않는다. 나이를 알 수 없는 그들의 표정, 허약하거나, 혹은 후줄근한 그들의 실루엣, 회색의, 둥글게 휜 그들의 등짝, 너는 매 시간 지척에서 그들을 알아본다, 너는 그들의 그림자를 좇는다, 너는 그들의 그림자가 된다, 너는 그들의 은신처를, 그들의 소굴을 자주 드나든다, 너는 그들과 똑같은 은신처를, 똑같은 피난처를, 그러니까, 소독약 냄새를 역겹게 풍기는 동네의 영화관들을, 소공원들을, 미술관들을, 카페들을, 기차역들을, 지하철역들을, 장터들을 갖고 있는 것이다. 먼지가 이는 모래 위에 항시 동일한, 불완전한 원 하나를 그려보고 또 지우기를 반복하는, 벤치에 너처럼 앉아 있는 저 절망들,[107] 휴지통에서 주운 신문들을 읽고 있는 사람들, 그 어떤 악천후로도 막을 수 없을 저 방황하는 사람들. 그들은 너와 똑같은, 마찬가지로 헛헛하고, 마찬가지로 느리고, 마찬가지로 절망적으로 꼬여버린, 편력遍歷의 소유자들이다. 그들은 너와 마찬가지로 지하철역 앞의 안내표지판 앞에서 머뭇거린다. 그들은, 강둑에 앉아서, 자신들의 빵올레[108]를 집어먹는다.

추방당한, 배척받은, 제거된, 보이지 않는 별들을 달고 있는 사람들. 머리를 떨구고서, 어깨를 축 늘어트리고서, 오그라든 두 손으로 파사드에 박힌 자갈들을 힘겹게 붙잡고 있는, 패배자들의, 일패도지一敗塗地한 자들[109]의, 저 무기력한 몸짓으로, 그들은 벽을 스치듯 걸어간다.

너는 그들을 좇는다, 너는 그들을 염탐한다, 너는 그들을 증오한다. 제 하녀의 골방들 안으로 숨어들은 저 괴물들, 썩어가는 장터 부근을 다리를 질질 끌며 휘젓고 다니는, 실내화를 신은 저 괴물들, 칠성장어의 끈적거리는 두 눈을 한 저 괴물들, 기계적인 동작을 되풀이하는 저 괴물들, 똑같은 소리를 주절거리는 저 괴물들.

너는 그들과 나란히 걷는다, 너는 그들을 배웅한다, 너는 그들 사이에서 길 하나를 헤치고 전방으로 나아간다. 몽유병환자들, 무뢰한들, 늙은이들, 멍텅구리들, 제 눈 위까지 베레모를 눌러쓴 귀먹은 벙어리들, 주정뱅이들, 소리내어 생목을 돋우고, 볼때기의, 눈꺼풀의 발작적인 떨림을 붙잡아매려고 애쓰는 쭈그렁바가지 노인네들, 대도시에서 길을 잃어버린 농부들, 미망인들, 음흉한 놈들, 망령된 영감탱이들, 따져묻기를 좋아하는 작자들 사이를.

---

107 자크 프레베르의 시 「절망은 벤치 위에 앉아 있다」(시집 『말들』, 1946)의 제목을 차용한 것.

108 pain au lait. 우유를 넣어 만든 프랑스 빵.
109 패배로 인해 바닥에 쓰러져, 한 번은 진흙을 묻혀본 사람. '입에 부스러기나 물고 있는 사람들'의 번역.

그들이 너에게 다가왔다, 그들이 네 팔에 매달렸다. 마치, 네게 익숙한 도시에서 길을 잃은 낯선 사람과, 오로지 또다른 낯선 사람들과 네가 맞닥뜨릴 수밖에 없기라도 한 듯. 마치, 고독한 사람이, 또다른 고독한 사람들이 죄다 네 위로 쏟아지는 것을 네가 보기라도 한 것처럼. 마치, 단 한 번도 입을 열지 않는 인간들이, 말을 혼자서 지껄이는 인간들이, 똑같은 카운터에서 적포도주 한 잔을 기울일 때만, 서로 만날 수 있기라도 한 것처럼. 미치광이 영감탱이들, 주정뱅이 할망구들, 신들린 자들, 추방당한 사람들. 그들은 네 웃옷의 접힌 주름을, 네 늘어진 옷자락을, 네 소매를 붙들고 늘어진다, 그들은 네 얼굴에 대고 제 입김을 뿜어댄다.

그들이 선량한 미소를 지으며, 자신들의 광고 전단지와, 자신들의 신문과, 자신들의 깃발을 들고서, 종종걸음으로 네게 다가온다, 위대한 대의를 위해 싸우는 불쌍한 병사들이, 척수 회백질염灰白質炎[110]과, 암癌과, 누추한 거처와, 가난과, 반신불수와, 실명失明과 맞서 맹렬히 전쟁을 벌이는 저 앙상한 몰골의 작자들이, 제 동료를 위해 기금을 구걸하는 음울한 상송 가수들이, 식탁보 따위를 팔고 돌아다니는 매맞는 고아들이, 애완동물 보호를 외치는 여읜 미망인들이. 네게 무례하게 접근하는, 너를 붙잡는, 너를 맘대로 하려는, 자신들의 초라한 진실을, 자신들의 끝없는 의혹을, 자신들의 선행을, 자신들의 세계관을, 네 얼굴 위에다 뱉어대는 저 모든 사람들. 세상을 구원할 참된 신앙심에 충만한 저 샌드위치맨들. 고통받는 자들이여 그에게로 오라. 예수께서 가라사대, 너희, 보지 못하는 보는 자들이여, 보는 자들을 생각할지어다.[111]

제 삶에 대해, 제 감옥에 대해, 제 양로원에 대해, 사기당한 제 여행상품에 대해, 제 병원에 대해, 네게 얘기를 들려주는, 핏기 없는 낯빛들, 해진 칼라들, 말을 더듬거리는 사람들. 철자법 개정을 지지해온 늙은 초등학교 교사들, 완벽하게 폐지를 회수할 수 있는 시스템을

---

110 소아마비의 초기 증세.
111 「요한복음」 9장 39절의 패러디: "예수님께서 보지 못하는 자들은 보게 하고 보는 자들은 맹인이 되게 하시려 이 세상에 오셨다."

완성했다고 믿고 있는 정년퇴직자들, 전술가들, 점성술사들, 지하수
맥 탐사가들, 무면허 의사들, 증인들, 고정관념과 함께 인생을 보내온
모든 사람들; 쓰레기들, 찌꺼기들, 바텐더들이 입 언저리까지 가져갈
수 없을 만큼 넘실넘실 술잔을 채워 조롱을 해대는, 해악을 끼칠 수도
없을 만큼 늙어버린 괴물들, 마리 브리자르[112]를 단숨에 들이키는, 그
러고서 아무렇지 않은 척 애쓰고 있는, 모피 입은 저 늙은 매춘부들.

그리고 그 밖의 모든 사람들, 가장 악질인 놈들, 신심 깊은 체하
는 작자들, 교활한 놈들, 자기만족에 빠진 사람들, 이해했다는 표정으
로 미소를 지어보이는, 다 알고 있다고 생각하는 사람들, 비만증 환자
들과 젊음에 집착하는 인간들, 유제품 판매자들, 훈장을 받아먹은 인
간들; 거나히 취해 흥청거리는 놈들, 포마드를 처바른 변두리 촌놈들,
돈 많은 놈들, 빌어먹을 별자別者들. 너를 증인으로 삼는, 너를 뚫어지
게 꼬나보는, 너를 심문하는 것을 마땅한 제 권리로 굳게 믿고 있는
저 괴물들. 상당수의 가족을 거느린, 제 괴물 같은 자식들을, 제 괴물
같은 개들을 거느린 괴물들; 빨간 신호들에 저지당한 수천의 괴물들;
찢어지는 소리를 내는 괴물들의 암컷들; 콧수염을 기르고, 조끼를 입
고, 멜빵을 둘러맨 괴물들, 추악한 기념비 앞에서 한 무더기로 쏟아져
나오는 관광객 괴물들, 나들이옷을 껴입은 괴물들, 괴물 같은 군중.

너는 배회한다, 그러나 군중은 더이상 너에게 부딪히지 않는다,
밤은 더이상 너를 보호하지 않는다. 너는, 여전히 그리고 계속해서,
걷는다, 지칠 줄 모르는, 불멸의 보행꾼. 너는 찾는다, 너는 기다린다.
너는 화석이 되다시피 한 도시에서 배회한다, 깎여나간 벽면들의 저
손대지 않은 하얀 돌멩이들, 꼼짝 않는 쓰레기통들, 방금 전 수위들이
앉았던 비어 있는 의자들; 너는 죽은 도시를 배회한다, 허물어진 건물
들 주위로 널려 있는 비계다리들, 빗줄기가, 안개가, 앗아간 교각들.

112 아니스 열매 향이 나는 독주의 상표 이름.
113 Grands Boulevards. 중심가로 이어지는
지하철 8번선과 9번선 역의 이름이기도 하지만,
여기에서는 일반적인 파리의 대로들을 총칭하는
것으로 여겨진다.

썩어가는 도시, 구역질나는, 흉측한 도시. 서글픈 도시, 서글픈 거리들의 서글픈 불빛들, 서글픈 뮤직홀의 서글픈 광대들, 서글픈 영화관 앞에 줄지어 늘어선 서글픈 행렬들, 서글픈 상점 안의 서글픈 가구들. 시커먼 기차역들, 싸구려 아파트들, 창고들. 대로들[113]을 따라 길게 늘어선 음산한 맥주홀들, 소름끼치는 쇼윈도들. 시끌벅적하거나 아니면 기척도 없는, 창백하거나 아니면 극도로 들뜬 도시, 갈라진 제복부를 훤히 드러내고, 약탈당하고, 더럽혀진 도시, 금지사항들로, 창살들로, 철책들로, 자물쇠들로 온통 뒤덮인 도시. 시체안치소-도시: 썩어문드러진 장터들, 거대한 단지로 변신한 판자촌, 파리의 중심부 일대, 형사들이 날뛰는, 오스만 대로, 마장타 대로[114]에서의 참을 수 없는 비열함; 샤론느.[115]

감방의 죄수처럼, 미치광이처럼. 미로 속에서 출구를 찾아헤매는 한 마리 쥐새끼처럼. 너는 사방팔방으로 파리를 누비고 다닌다. 굶주린 사람처럼, 주소 없는 편지를 손에 쥔 배달부처럼.

너는 기다린다, 너는 희망한다. 카페의 종업원들이, 여종업원들이, 영화관의 여자 안내인들이, 계산대의 여인들이, 신문팔이들이, 버스의 차장들이, 박물관의 텅 빈 홀 여기저기서 밤을 새우는 병자들이, 개 한 무리와 마찬가지로, 네게 달라붙었다. 너는 두려움 없이 말을 붙일 수 있다, 그들은 네게 매번 똑같은 목소리로 대꾸할 것이기에. 이제 그들의 얼굴이 네게는 익숙하다. 그들은 너를 알아본다, 그들은 너를 기억해낸다. 그들은, 이 간단한 인사가, 이 미소만이, 이 무관심한 고갯짓 하나가, 매일 너를, 그러니까 네가 언급할 수는 없겠지만, 그러나 그들이 가까스로 간파할 영광스러운 행위의 보상이라도 된다는 듯이 하루 종일 그들을 기다린 너, 바로 그런 너를, 매일같이 구원해줄 전부라는 사실을 알지 못한다.

114 1962년 2월 8일, 알제리 전쟁에 반대하는 시위가 파리에서 벌어졌다. 시위행진으로 선택된 곳이 마장타 대로였고, 여기서 경찰들과 대치하였다.

115 1962년 2월 8일, 노조가 중심이 된 시위대가 육군비밀결사대와 같은 극우세력의 테러 행위에 반발하자 프랑스 정부가 이를 탄압해, 파리 샤론느 지하철역 근처에서 아홉 명의 노동자가 사망했다. 현재 매년 이날에 그들을 위한 추모제가 행해진다.

그리하여, 가끔씩, 절망적으로, 너는 빈틈없는 규율이라는 굴레를 이 비틀거리는 네 삶에 부여려고 시도한다. 너는 정리하기 시작한다, 너는 네 방을 치운다, 너는 정확한 예산을 확정한다. 네가 마련한 돈은, 한 달에 500프랑, 이 중에서 네 방세로 50프랑 미만을, 하루에 15프랑 사용하는 것을 허용, 그 구성은 아래에.

골루아즈 한 갑	1,35
성냥 한 통	0,10
식사 한 끼	4,20
영화 한 편	2,50
영화관 안내원 팁	0,20
『르 몽드』	0,40
커피 한 잔	1,00

건포도 빵 하나나, 혹은 바게트 반 조각이 될, 네 두번째 끼니값으로, 또다른 커피 한 잔과, 지하철과, 버스와, 치약과, 세탁비로, 네게 5프랑 25상팀이 남겨진다.

너 자신을 상실하지 않을, 완전히 몰락하지 않을 최선의 방법이, 행여 사소한 일들에 너 자신이 열중하는 데에, 앞질러 모든 것을 결정해버리는 데에, 우연의 상태로 무엇 하나 방치해버리지 않는 데에 달려 있기라도 하다는 듯이, 너는 네 삶을, 회중시계처럼 조절해나간다. 네 삶이 갇혀 있건, 계란 한 알처럼, 둥글고, 매끈하건, 네 행동이 너를 위해 모든 것을 결정하게 해주는, 마지못해 너를 보호해주는, 확고부동한 질서에 따라 고정되었건 간에.

칭찬을 받아도 될 만큼, 엄격하게, 너는 네 일정을 조절해나간다. 너는, 파리를, 몽수리 공원에서 쇼몽 언덕까지, 국방부 사무실에서 전쟁부 건물까지,[116] 에펠탑에서 카타콤까지, 거리 하나하나를 탐사한

100

116 1974년 '국방부'라는 이름으로 통일되기
전까지, 역사적으로 상당히 많은 부서명이 난립했다.
1791년 '전쟁부'라는 명칭이 처음 등장해, 이차대전
직후에는 '전쟁/국방부'라는 명칭으로 바뀌었고,
1947년 이후 공군과 해군을 산하에 두었다.

다. 너는 매일, 똑같은 시간에, 똑같은 음식을 먹는다. 너는 기차역을, 박물관을 방문한다. 너는 똑같은 카페에서 네 커피를 마신다. 너는 『르 몽드』지를 오 페이지에서 칠 페이지까지 읽는다.

너는 잠자기 전에 네 옷가지를 갠다. 너는 매주 토요일 아침이면 네 방을 구석구석 청소한다. 너는 매일 아침 네 침구를 정리한다, 너는 면도를 한다, 너는 분홍색 플라스틱 대야에 담겨 있는 네 양말들을 빤다, 너는 네 구두에 왁스칠을 한다, 너는 양치질을 한다, 너는 네 그릇을 씻고 너는 그것을 닦고 너는 선반 위의 똑같은 곳에다 그것들을 올려놓는다. 너는 매일 아침, 똑같은 시간에, 똑같은 장소에서, 똑같은 방법으로, 풀 먹인 포장지의 띠를 찢어서, 골루아즈 담배들 가운데 네 하루치의 갑을 연다.

네 방의 질서. 네 시간의 사용법. 너는 유치한 금기사항들을 네게 부여한다. 너는 인도의 가장자리와 차도가 만나는 지대 위로 걸어가지 않는다. 너는 로터리의 우회로 표시, 주차금지 표시를 존중한다. 너는 늦거나 빨리 도착하는 것을 용납하지 않는다. 너는 매번, 사십오 분마다 네 담배에 불을 붙이려고 시도한다.

마치, 아주 조금이라도 네 저항이 약해져, 지금 당장이라도 너를 멀리 데려가주기를 네가, 줄기차게, 기다리고 있었다는 듯이.

마치, 네가 네 스스로에게, 줄기차게, 이렇게 말할 필요가 있었다는 듯이. 바로 내가 이렇게 이런 걸 원했기 때문에 이렇게 된 거고, 내가 그걸 바로 이렇게 원했었고, 그렇지 않았더라면, 나는 죽은 몸이다, 라고.

이따금씩, 몇 날 저녁 내내, 폭 좁은 장의자 위에, 몸을 반쯤 내뻗은 채, 고미다락 창 너머로 새어들어와 앙상하게 번져나는 불빛만이, 네 담배가 뿜어내는, 규칙적이라 할 만큼 진해지는 불그스레한 불빛만이 비추고 있는 가운데, 너는 네 이웃이 왔다갔다하는 소리에 귀를 기울인다. 너희 두 사람의 방을 갈라놓은 칸막이는 무척이나 얇아서, 네가 그의 호흡마저 들을 정도이고, 그가 실내화를 질질 끌고 돌아다닐 때면, 네가 보다 잘 그 소리를 들을 수 있을 정도이다. 너는 자주, 그의 걸음걸이며, 그의 얼굴이며, 그의 손이며, 그가 하는 일이며, 그의 연령이며, 그의 생각을 상상해보려 시도한다. 너는 그에 대해 아무것도 알고 있지 못하며, 필경 너는 그를 본 적조차 없었을 것이며, 아니, 기껏해야, 어느 날엔가 한 번쯤, 계단에서 마주친 게 고작일 것이며, 그가 지나갈 수 있도록 벽 옆으로 네 등을 바짝 대었을 것이지만, 그 것조차, 당시에는, 그가 이웃이라는 사실조차 알지 못한 채 그렇게 했던 것이었을 것이며, 그런 사실조차도 확인할 수 없었을 것이다. 게다가, 너는 그의 모습을 보려고 하지도 않는다, 너는 급수대의 수도꼭지로 제 주전자에 물을 채우기 위해 그가 층계참으로 나오는 모습을 보려고 네 문을 살그머니 열어보지도 않는다, 너는 그에게 귀를 기울이고, 네 멋대로 그의 모습을 빚어보는 것을 더 좋아한다. 너는 그저, 그의 방이 너의 그것보다 훨씬 넓다는 것, 그가 여기저기 운신할 수 있기에, 그가 그의 창문에, 혹은 그의 침대에, 혹은 그의 문이나 혹은 그의 가구들에 손을 뻗치려면 제 몸을 움직여야만 하기에, 이런 사실을 알고 있는 것뿐이며, 이에 비해, 너는, 네 방의 중심에서, 장의자의 거의 사분의 삼 가량의 높이에서, 두 발을 모으면, 창이고, 문이고, 작은 세면대고, 모퉁이의 옷걸이고, 분홍색 플라스틱 대야고, 선반이고 간에, 아니, 그 어느 지점에라도 네 양손이 닿을 수 있다.

다소 목이 잠긴 그의 기침 소리, 그의 목 긁는 소리, 그의 질질 끄는 발소리에 근거해서 판단해보자면, 그는 늙은 것이 틀림없을 텐데, 네가 알고 있는 한, 당신들 두 사람만이 차지하고 있는 이 건물의 가장 위층이, 마치, 얼마 전부터, 예전이라면, 이곳에, 접근을 시도했을 수도 있을 사람들 때문에 야기되었을 저 안전을 위협하는 요소들이 모습을 드러내기 시작하기라도 한 것처럼, 너와 마찬가지로, 그 역시도, 제 방에 그 누군가를 맞아들이는 일이 결코 없으니까, 심지어 어쩔 수 없이 그가 저 자신의 노화나 자기 자신의 고독을 탓하거나, 제 시간을 더는 평범하게 사용하지 않는 그의 방식을 탓해야만 한다는 사실을 여기서 굳이 언급하지 않더라도 말이다; 이 마지막의 요지는 그가, 너와 더러 닮아서, 관습의 인간이라는 사실을, 그러나, 분명하게도, 너보다 약간 더 침착성을 갖추고 있다는 사실을 드러내주는 것이리라. 그는, 매일을, 일요일조차도, 정오에 임박해서, 제 방을 나가, 해질녘이 되어 규칙적으로 되돌아오는, 그러니까, 마치, 그가 종사하는 일이, 돈벌이가 되건, 그렇지 않건, 하루의 태양빛에 따라 조절되어, 시각조차도 고려하지 않는 것만 같다. 그는 크리스마스까지는, 매일을 조금 이른 시간에 돌아왔고, 요즘, 그는 매일을 이보다 조금 더 늦게 돌아온다.

너는 그가 행상인이라고, 우산 하나를 펼쳐두고 그 아래에 넥타이나 늘어놓는 장사꾼이라고, 그게 아니라면, 티눈이나, 검버섯이나,

사마귀나, 혹은 정맥류[117] 따위를 제거해주는 기적의 약품들 따위를 내다파는 약장수라고, 혹, 이보다 좀더 좋게 보아주면, 뺐다꼈다 하는 금속다리 네 개로 지탱되는 슈트케이스 하나를 펼쳐놓고서, 머리빗이나, 라이터나, 손난로나, 선글라스나, 보관 케이스나, 열쇠고리 따위를, 대로大路의 저 구경하기 좋아하는 사람들을 상대로 파는, 그저 시시한 잡화상이라고, 믿고 있다. 이런 가설은, 그가 제 방에 있을 때, 그의 주된 활동이, 아침이건 밤이건, 마치 그가, 매일 아침 나가기 전에 꺼내고, 매일 밤 하루 일과를 마칠 무렵에 다시 정리를 해야만 하는, 저 막대한 분량의 물품을 갖고 있기라도 하다는 듯이, 서랍을 열거나 닫거나, 혹은 닫거나 열거나 하는 일로 채워진다는 사실에, 거개가 의지하고 있다.

어쩌면 그는 개폐가 자유로운 슈트케이스를 필요로 하는 것일지도, 그것을 제 머리맡의 탁자로, 어떤 때는 글을 쓰기 위해서, 또 어떤 때는 저녁 식사를 위해서, 사용하는 것인지도 모른다. 이렇게, 너는, 더러 격식을 갖춘, 또 약간은 우스꽝스러운 특징으로 그를 뒤발해버린다. 그러니까, 그는 제 슈트케이스 위에다가, 그에게 남겨진 옛 재산 가운데 하나일, 자수가 놓인 식탁보라든가, 질이 나쁜 양초 몇 개를 받치고 있는 조악한 샹들리에라든가, 그가 팔고 있는 것과 필경 같은 것일, 식기 세트 한 벌, 다시 말해, 컵 하나, 분홍색 플라스틱 접시 하나, 알루미늄 식기 세트 한 벌, 그러니까 오목 패인 포크 모양의 스푼이나, 나이프의 그것과 비슷한 자국이 나 있는 포크, 셔츠 깃에 달린 가짜 단추 모양의 리벳 하나, 그러니까 스푼을 고정시키고, 포크와 나이프를 둘러서 묶어놓는, 가죽 밴드로 붙여놓은 리벳 하나로 바짝 조여 유지되는 이 세 개가 서로 구색에 맞춰 구성된 식기 세트 한 벌을 정돈해놓는 것이랄까; 요컨대, 네 정신의 기이한 혼동 때문에, 마치, 그 존재의 확신과는 아무런 상관도 없는 이 슈트케이스가, 낮에는 잡화상의 상품대가 되고, 이와 동시에 또 밤이면, 피크닉 가방이

---

117 靜脈瘤. 정맥 압박을 받아 혈액 순환이
원활하지 못해 생기는 부종이나 돌기를 지칭하는
병명.

될 수도 있다는 듯이. 그러나 네 이웃 남자가 저녁을 먹는다는 사실
조차 확실하지는 않으며, 그가 선호할 음식일 것 같은 허드레 부위들
과, 내장들을, 그 자신이 지글지글 굽는 소리를, 너는 단 한 번도 들은
적이 없으며, 심지어 너는 그 냄새조차 맡은 적이 없다. 다만, 네가 확
실히 알고 있는 것이라고 한다면, 그것은 그가 층계참의 급수대로 제
주전자에 물을 채우러 나온다는 사실(그의 방이 네 방보다도 훨씬 크
다고는 하나, 그 방에는 수도시설이 설치되어 있지 않기에)과 그 주
전자를, 그 주전자의 사용법을, 물론 네가 잘 알고 있는 것은 아니지
만, 쉭쉭거리는 소리를, 다시 말해, 물이 끓을 때 나는 소리를 보고서
판단하건대, 틀림없이 꽤나 구식인, 난로 위에다가 올려놓는다는 사
실 정도인 것이다.

네가 아무리 주의해서 들어보아도, 귀를 쫑긋 세워보아도, 벽의
칸막이에다가 귀를 대보아도, 결국, 너는 무엇 하나도 제대로 알지 못
한다. 네 지각의 정확성이 증가하면 증가할수록, 네 해석의 확실성은
점점 더 감소하는 것이리라. 분명, 그는, 시종일관, 서랍을 열었다 닫
았다 하는 것이겠지만, 그래도 이 사실은 증명되지 않는데, 예를 들
어, 네가 모르는 어떤 목적이 있어서, 혹은 단순히 너를 속여먹기 위
해서, 그가 판자 두 장을 서로 마주대어 비비고 있다든가, 혹은 한 개
내지 여러 개의 서랍을 실제로 열었다 닫았다 하고 있음에도, 사실 거
기에는 아무런 저의도 없이, 다시 말해, 거기에 뭔가를 넣거나, 거기
에서 또 뭔가를 빼거나 하는 일 없이, 서랍이 열리고 닫히는 소리를 그
가 그저 좋아하기 때문에, 오직 소리를 내기 위해만 그렇게 하는 것일
뿐이라는 것 또한 충분히 가능하다. 분명 그는, 오전의 끄트머리가 되
어서야 밖으로 나가는 것이겠지만, 그러나 그 사실을 확인하기 위해
네가 항시 거기에 붙어 있는 것도 아니며, 마찬가지로, 너 역시 이따
금, 그가 돌아오기 전, 해질녘에 밖으로 나가기 때문이다; 아니면 심

지어, 그는, 나가는 척을, 고작 계단 몇 칸을 밟고 내려가고서, 네가 아무리 노력해도 그의 존재를 알아챌 수 없을 정도로 슬그머니 다시 올라오는 법을 터득하고 있는지도 모른다. 분명히, 그는, 층계참에서 물을 받는 것이며, 분명, 물이 비등점에 이를 때 그의 주전자는 쉭쉭 소리를 내는 것이다. 그러나 쉭쉭 소리를 내는 게 어쩌면 그일지, 또 어떻게 알겠는가?

그러나 종종, 그의 삶이 너의 일부가 되고, 그의 소음이 네 것이 되는데, 그건 네가 그 소리에 귀를 기울이고, 또 그것을 기다리기 때문이며, 그건 또, 그 소리가, 물방울처럼, 생로크 교회의 종소리처럼, 길가의, 도시의 소음과도 같이, 네 삶을 지탱하고 있기 때문이리라. 네가 착각을 하거나, 혹 해석을 하거나, 혹 고안을 해낸다 해도, 그런 것은 네게 하나도 중요하지 않다. 그가 그렇게 되도록 네가 그를, 그의 접이식 슈트케이스와, 그의 머리빗들과, 그의 라이터들과, 그의 선글라스들을 동원해, 그를 잡화상으로 만든 것만으로도 충분하니까. 그는, 네가 그에게 살게끔 허용한 바로 그만큼의, 보잘것없는 그런 삶을 살아가고, 네 지각의 범위를 벗어나자마자 제 자취를 감추어버리고, 잠이 너를 사로잡는 순간, 그 즉시 죽어버리고, 남은 시간을 제 주전자에다가 물이나 채우며 보낼, 기침이나 내뱉고, 발이나 질질 끌고, 서랍이나 열었다 닫았다 할, 몹쓸 운명에 처해지고 마는 것이다.

허나, 어쩌면, 무언의 공생 관계가, 그런 줄도 모르고 이루어져, 너 또한 그의 일부가 되고 있는 것은 아닐까? 혹시 그도, 그의 기침 소리를, 그의 쌕쌕대는 소리를, 그의 서랍 소리를 엿듣고 있는 너와 같이 되어, 어쩌면 선반 위에 네가 내려놓는 찻잔의 소리를, 네가 잡아 펼치고 다시 펼쳐 넘기는 신문의 사각거리는 소리를, 네 폭 좁은 장의자 위에 네가 늘어놓는 카드들이 미끄러져빠져나가는 소리를, 네 물이 흐르는 소리, 네 숨소리, 이 모든 것들이, 어쩌면, 그에게 있어서, 물방울과, 종소리와, 거리의, 도시의 소음들과, 흘러가는 시간과, 남겨지는 삶의 두툼한 직물과 더불어, 존재하고 있는지도 모른다. 어쩌면 그는 필사적으로 너에 대해 알려고 노력하고 있는 것이리라, 어쩌면 그는 단 하나의 기적조차도, 끊임없이 해석을 해대고 있는 것이리라: 너는 누구인가, 너는 무엇을 하고 있는가, 신문을 구기고 있는 너라는 작자에 대해, 며칠이고 밖에 나가지 않고 틀어박혀 있는, 돌아오지 않고 며칠을 나가 있는, 너라는 작자는 대관절 누구인가, 라고.

108 하지만 네가 내는 소리는 아주 미세할 뿐이지 않던가! 그는 고작해야 네가 있다는 사실 정도만을 간파할 수 있을 뿐이며, 더구나 그가 너라는 존재에 주위를 기울이고 있다면, 그것은 그가 겁을 내고 있어서, 네가 그를 불안하게 만들기 때문이다. 그는, 단 한 차례도 충분하다 할 만큼 보호를 받은 적이 없이 땅굴 속에만 틀어박힌, 그에게서 멀다 할 수 없는 곳에서 소리를, 그러니까 고성이 되는 일도 결코 없지만, 단 한 번도 약해지지 않는, 또, 단 한 차례도 그치지는 않는 어떤 소리를, 정말이지 단 한 차례도 그 위치를 파악하는 데까지는 이르지 못하는, 늙은 오소리를 닮았던 것이다. 그는 저 자신을 지키려고 애쓴다, 그는, 네게 함정이나 설치하고, 그가 강인하며, 너를 무서워하지 않으며, 벌벌 떨지도 않는다고, 그렇게 네가 믿게끔 하려고, 서툴게 시도하고 있는 것이다. 하지만 그는 너무 늙었다! 그는 고작해야, 제 재산이나 쉴 새 없이 세고 또다시 세어볼, 재산을 감추어둔 비밀 장소를 매번 바꿀 만한 기력 정도 밖에 없는 것이다.

네가 그를 매료시킨다고, 그가 진짜로 너를 두려워한다고, 가끔 그렇게 생각하는 게, 네 마음을 거스르는 건 아니잖나, 이 멍청아. 그래서 너는 가능한 한 가장 오래도록 소리를 내지 않으려고 하는 것이겠지; 그래서, 너는, 나무토막이나, 줄이나, 연필 따위로, 당신들 두 사람의 방을 가르고 있는 칸막이의 윗부분을, 사소하면서도, 신경에 거슬리는 소리를 내면서, 긁어대는 것이겠지.

혹은 그와는 반대로, 갑작스레 어떤 공감에 사로잡혀, 너는 안부 메시지를 그에게 전하고 싶은 마음마저 들어, 이것은 A를 위한 것이다, 라는 식으로 한 번을, 이것은 B…를 위한 것이다, 라는 식으로, 칸막이에 대고 두어 번 주먹을 두드리는 것이다.

109

지금 너에게는 더이상 피난처가 없다. 너는 무서움을 느끼고, 너는, 모든 것이, 비가, 시간이, 자동차의 물결이, 삶이, 사람들이, 세계가, 멈추어버리기를, 모든 것이, 벽이, 탑이, 마루가, 천장이, 무너져내리기를 기다린다; 남자와 여자가, 노인과 아이가, 개가, 말이, 새가, 한 사람 한 사람씩, 한 마리 한 마리씩, 마비되어, 페스트에 걸려, 간질병에 걸려, 땅에 고꾸라지기를; 대리석이 조각조각 박살나기를, 나무가 가루가 되기를, 저택들이 소리 없이 주저앉기를, 폭우가 그림을 녹여버리고, 백 년 넘은 옷장의 쐐기가 떨어져나가고, 천이란 천은 모조리 갈기갈기 찢겨나가고, 신문의 잉크가 번져 흘러내리기를; 불꽃 없는 불이 계단의 층계들을 갉아먹기를; 도로들이 정확히 한복판으로 무너져내려, 하수구의 미로들이 빠끔히 입을 벌리고서 속속들이 제 모습을 드러내기를; 곰팡이와 안개가 도시를 휩쓸어버리기를, 기다린다.

이따금씩, 너는, 잠은 너를 사로잡은 느릿한 죽음이다, 라는, 달콤한 동시에 두려운 마비라는, 행복한 괴사다, 라는, 꿈을 꾼다: 한기가 네 두 다리를, 네 양손을 타고 올라오고, 또 서서히 올라와, 너를 마비시키고, 너를 지워버린다. 네 엄지발가락은 멀리 있는 산이다, 네 다

리는 강이다, 네 뺨은 네 베개다, 너는 온전히 네 엄지손가락 안에 기
숙한다, 너는 녹는다, 너는, 모래처럼, 수은처럼, 흐느적거린다. 너는
이제 모래 알갱이 하나에 지나지 않고, 몸을 축소시킨 엄지동자, 근육
도 없고, 뼈도 없고, 다리도 없고, 팔도 없고, 목도 없고, 다리와 팔도
하나로 녹아붙어, 너를 삼키는 거대한 입술일 뿐이다.
　　너는 한없이 커진다, 너는 폭발한다, 너는 죽는다, 쪼개지고, 가
루가 되어: 네 두 무릎은 딱딱한 돌이다, 네 정강이뼈는 철로 된 막대
기, 네 복부는 거대한 얼음덩어리이다, 네 성기는 찜통, 네 심장은 솥
이다. 네 머리는 안개가 정복한 황야다, 얇은 베일들, 두꺼운 식탁보,
갑갑한 망토……

네 눈썹이 치켜올라간다, 수축된다; 네 이마에 주름이 질 수 있다, 네 두 눈이 네게로 고정된다. 네 입이 벌어지고 또 닫힌다.

너는 거울 속에서 너 자신을 주위 깊게 바라보고, 심지어 바짝 다가가 너 자신을 면밀히 검토하면서, 너는 네가 알고 있는 그것보다 지금의 네 얼굴이 훨씬 낫다고(밤의 불빛이 비추고 있으며, 네가 빛의 출처를 배후에 두고 있기 때문인 것은 인정해야 하며, 더구나 네 두 귀의 가장자리를 뒤덮은 솜털만이 실제로 빛을 받고 있는 것도 사실이리라) 생각한다. 그것은 조화롭게 빚어진, 그 윤곽이 아름답다고까지 말할 수 있는, 단정한 얼굴인 것이다. 머리카락, 눈썹과 안와眼窩의 검정색이, 마치 기다리고 있었다는 듯, 얼굴이라는 덩어리에서 살아 있는 생물처럼 뿜어져나온다. 시선은 조금도 추하지 않고, 그와 같은 흔적조차 존재하지 않으며, 그러나 그렇다고 해서, 유치한 것도 아니며, 마침 네가 너 자신을 관찰하는 중이고 또 네가 너 자신에게 공포를 불러일으키기를 원하기에, 그저 단순하게 네 시선이 관찰자의 그것일 것이라는 점을 고려해보면, 네 이 시선은 오히려 믿기 어려울 만큼의 에너지로 넘쳐나고 있다고 해야 할 것이다.

네 금이 간 거울에서 너는 대체 어떤 비밀을 찾고 있는 것인가? 네 얼굴 속에서 어떤 진리를 구하고 있는 것인가? 조금 부풀어오른, 이미 부어 있었다고도 말할 수 있을, 저 둥근 낯짝, 서로 합쳐지는 저 눈썹들, 입술 위의 아주 작은 저 흉터, 약간 돌출된 저 두 눈, 누리끼리한 치석이 잔뜩 긴, 불규칙하게 틀어박혀 있는 저 이빨들, 다양한 저 돌출들, 그러니까, 눈 밑에, 콧등에, 관자놀이 아래께에 솟아난 뾰루지, 검은 반점, 무사마귀, 여드름, 몇 가닥 털이 자라고 거무스름하거나 갈색기가 도는 점들. 보다 가까이 다가가면, 너는 네 피부가 놀랄 정도로 홈이 파이고, 주름이 지고, 까칠해진 것을 발견하게 되리라. 너는 모공을 하나하나, 그 부푼 부위 하나하나를 볼 수 있으리라. 너는, 네 콧방울[118]을, 네 입술의 세로 주름들을, 네 머리카락의 뿌리들을, 네 눈의 흰자위에 가는 핏줄로 분산되어 있는 세정맥을, 주시한다, 유심히 살펴본다.

이따금씩, 너는 암소와 닮은꼴이다. 네 튀어나온 두 눈은 그 두 눈이 마주하게 되는 것에는 그 어떤 관심도 드러내지 않는다. 네가 거울 속에서 너 자신을 보아도, 그 어떤 감정조차도, 단순한 습관에서 비롯된 것일 뿐이라고 치부할 만한 그 같은 감정조차도 불러일으키지 않는다. 경험을 통해 네 얼굴의 가장 확실한 이미지처럼 받아들여야 한다고 네가 깨달은 바 있는, 이 소를 닮아 있는 반사된 상象이, 마치, 당연하다는 듯, 너를 알아보지 못한다고나 할까, 아니면, 오히려 너를 알아보고도 놀라움을 표현하는 데 그 어떤 주의도 기울이지 않는다고나 해야 할까, 뭐 그런 식으로 너에게는 그 어떤 공감도, 그 어떤 감사의 표시도, 하지 않는 것만 같다. 너는 이 소와 닮아 있는 반사된 상이, 너에게 화를 내고 있다고, 아니면, 심지어 다른 무언가에 골몰해 있다고, 진지하게 생각할 수밖에 없다. 그저, 한 마리 암소처럼, 돌멩이처럼, 혹은 물처럼, 그 상은, 너에게 건넬 그 어떤 각별한 용건도 갖고 있지 않은 것이다. 그 상은 네가 그 상을 주시하기 때문에, 예의상 너를 주시할 뿐인 것이다.

너는, 중국인 같은 얼굴을 해보려고, 네 눈꼬리를 양쪽으로 잡아당겨본다, 너는 짐짓 찡그린 인상에, 눈을 튀어나오게 해본다: 뒤틀린 입에 짝눈이며, 윗입술이나 아랫입술 밑에 혀를 말아넣은 원숭이 흉내 하며, 뺨을 홀쭉하게 집어넣고 다시 부풀려보는 짓거리이든, 또, 중국인 같든, 찡그린 얼굴이든, 금 간 거울 속의 멍텅구리는 그렇게 하도록 내버려두고, 또한 그 어떤 반응도 보이지 않는다. 그의 온순함은 너를 불안에 빠뜨리기에 앞서, 일단 너를 안심시킬 정도로 자명한 것이 되는데, 그건, 결국에 가서 그 온순함이 거북해지는 것이나 매한가지의 지경에 이르게 되기 때문이다. 너는 사람 앞에서건 고양이 앞에서건, 두 눈을 내리깔지도 모르는데, 그건, 사람과 고양이가 너를 응시하고, 또, 그들의 시선이 하나의 무기(또한 어떤 시선의 호의라고 하는 것은 필경 가장 위험한 무기, 증오라면 전혀 해내지 못했을, 너를 무장해제시켜버릴 그런 무기들이다)이기 때문인데, 그러나 결국, 한 그루의 나무 앞에서이건, 어떤 멍텅구리 앞에서이건, 혹은 거울에 비친 너 자신의 모습 앞에서이건, 눈을 내리까는 것, 그 이상으로 무례한 것은 사실상 아무것도 없기 때문이기도 하다.

옛적에, 뉴욕에서, 대서양에서 최후의 파도가 밀려오는 몇 백 미터의 제방 위에서, 한 남자가 죽어가고 있었다. 그는 어느 법률사무소의 서기였다. 칸막이 뒤에 몸을 숨긴 채, 그는 제 책상에 줄곧 앉아 있었으며, 좀처럼 꼼짝하는 일도 없었다. 그는 줄곧 생강이 들어간 비스킷을 먹었다. 그는, 창 너머로, 손을 뻗어 닿을 수 있을 것만 같은 더럽혀진 벽돌담을 바라보았다. 그에게, 문서를 다시 읽으라든가, 우체국엘 다녀오라든가, 그와 엇비슷한 일 따위를 시켜보아야, 아무런 소용이 없었다. 위협이나 간청도, 그에게는 어떤 영향도 미치지 못하였다. 마침내 그는 거의 눈이 멀다시피 한 상태가 되어버렸다. 사람들은 그를 쫓아내야만 했다. 그는 그 건물의 계단 위에 정착했다. 사람들은 그를 감금했으나, 그는 감옥의 안마당에 앉아, 음식을 거부했다.[119]

116

너는 죽지 않았고, 또한 너는 보다 현명해지지 않는다.

너는 내리쬐는 태양빛에 네 두 눈을 노출시키지 않았다.[120]

늙어빠진 이류급의 배우 두 명[121]은 너를 찾아오지 않았다, 다른 두 명을 절멸시키지 않고서, 그들은 당신들 가운데 한 명을, 짓밟아버릴 수도 있었을 어떤 블록 하나를 너와 함께 생성해내면서, 너에게 찰싹 달라붙지도 않았다.[122]

인자한 화산들이 네 위로 쏟아져내리지 않았다.[123]

인간이란 얼마나 경이로운 발명품이란 말인가! 인간은 제 손을 덥히기 위해 입김을 내불수도 있고 그것을 식히기 위해 수프 위에 입김을 내불 수도 있다. 인간은, 지독하게 혐오하지만 않는다면, 엄지와 검지로, 그 무슨 벌레건 아무거나, 정교하게 집을 수도 있다. 인간은 식물을 재배할 수도 있고, 식물에서 제 양식을, 제 의복을, 몇몇의 환각제를, 심지어 불쾌감을 주는 저 자신의 냄새를 감추는 데 유용할 향수마저도 추출해낼 수 있다. 인간은 금속을 두들기고, 그로부터 냄비 같은 것들을 만들 수도 있다(원숭이라면 하지 못했을 것들).

네 고귀함을, 네 고뇌를 흥분으로 몰고가는 모범적인 이야기들이 그 얼마나 많이 있는가! 얼마나 많은 로빈슨[124]이, 로캉탱[125]이, 뫼르

---

120 르 클레지오의 『대홍수』(1966)의 등장인물 프랑수아 베송이 태양에 두 눈을 맡겨 결국 시력을 잃게 되는 부분에서 차용함.
121 베케트 『고도를 기다리며』(1952)의 블라디미르와 에스트라공을 암시함.

122 카프카 『소송』(1914)의 마지막 장을 인용한 것.
123 말콤 라우리의 『화산 밑에서』(1947)를 암시함.
124 대니얼 디포의 『로빈슨 크루소』(1719)의 주인공.
125 장 폴 사르트르의 『구토』(1938)의 등장인물.

소[126]가, 레버퀸[127]이 존재하는가! 훌륭한 요점들, 아름다운 이미지들, 새빨간 거짓말들: 그러니까, 그건 사실이 아니다. 너는 아무것도 배우지 않았던 것이다, 네가 증명해낼 수도 없을 것이다. 그것은 사실이 아니다, 믿지 말거라, 순교자들을, 영웅들을, 모험가들을!

그저 멍청한 놈들만이 아직도, 그것도 아주 진지하게, 인간에 대해, 짐승에 대해, 혼돈에 대해 말한다. 버러지들 중에서도 가장 우스꽝스러운 버러지가, 세계의 최고봉에는 한참을 못 미쳤던 산 하나를 넘기 위해서,[128] 회사로부터, 더구나, 소속되어 있다는 사실에 자부심마저 느끼고 있던 회사로부터 강제로 부여받은 저 광란의 업무 일과표의 희생자에게, 정체 따위조차 알 수 없는 비행기 조종사[129]에게 반드시 필요했던 무언가와 엇비슷하거나, 그게 아니라면, 보다 출중한, 어떤 에너지를 존속하게 만드는 것이다.

미로 속에 놓인, 쥐라도, 진정한 위업을 달성할 수 있는 것이다. 제 먹이를 얻어내기 위해서라면 쥐가 반드시 밟아야 하는 페달을 피아노 건반이나 오르간의 보면대에 적절하게 연결하면, 우리는 「예수 우리의 기쁨 되시니」[130]를 정확히 연주해내는 미물을 획득해낼 수도 있고, 이 미물이 그렇게 하면서 최상의 기쁨을 느낀다고 생각하는 걸 가로막을 것은 실상 아무것도 없다.

그러나 바로 너, 가엾은 다이달로스[131]여, 미로 따위는 없었다.[132] 가짜 죄수여, 네 문은 열려 있었다. 감시자라고는 한 명도 서 있지 않았고, 복도 끝에는 그 어떤 책임관도 없었고, 정원의 작은 문에는 그 어떤 대심문관도 없었던 것이다.[133]

밑바닥에 도달하는 것, 그것은 아무런 의미도 지니고 있지 않다. 절망의 밑바닥도, 증오의, 술에 젖은 타락의, 오만한 고독의, 저 밑바닥조차도. 힘차게 발을 구르며 수면으로 올라오는 잠수부의 너무나

---

126 알베르 카뮈의 『이방인』(1942)의 등장인물.
127 토마스 만의 『파우스트 박사. 한 친구가 이야기하는 독일 작곡가 아드리안 레버퀸의 생애』(1947)의 등장인물.
128 카뮈의 『시시포스의 신화』를 빗댄 부분.
129 『야간비행』(1931)의 작가 생텍쥐페리를 조롱하고 있는 대목.
130 요한 세바스찬 바흐의 코랄.
131 그리스 로마 신화에서 크레타 섬의 미궁迷宮을 만든 인물이자, 조이스 『율리시스』의 등장인물.

도 아름다운 이미지가 거기에 있어, 추락한 사람이 온갖 명예를 취할 권리가 있다고 하는 사실을, 필요로 할 때마다, 너에게 상기시킨다: 신의 자비는, 신이 일용할 양식을 베푸는 저 천국의 주민들과 마찬가지로, 그에게도 미친다는 것을. 죄인도, 잠수부와 마찬가지로, 죄를 용서받기 위해 만들어진 것이다.

그러나 그 어떤 방랑하는 라헬[134]도, 거의 기적적으로 구출된 피콰드 호號[135]의 잔해 위에서, 또 한 명의 고아인, 네가, 네 차례를 맞아, 증언을 하게끔, 너를 받아들여주지는 않았다.[136]

119

네 어머니는 네 옷가지들을 다시 꿰매어주지 않았다.[137] 너는, 백만번째로, 경험이라는 현실을 탐구하러, 네 영혼의 대장간에서 네 종족이 창조 이전에 소유하고 있던 의식을 만들어내려고, 길을 떠나지는 않는다.

그 어떤 고대의 선조들도, 고대의 장인들도, 너를, 오늘이고 그 언제고, 보살펴주는 일 따위는 결코 없을 것이다.

너는 그 어떤 가르침도 받지 않았다, 하물며 고독은 무엇 하나 가르쳐주지도 않는다, 무관심조차 아무것도 가르쳐주는 게 없다: 그것은 미끼였고, 매혹적이고도 덫이 놓인 환상이었다. 너는 혼자였던 것이고, 그게 전부이겠지만, 결국 너는 너 자신을 보호하려고 했던 것이다; 이 세계와 너 사이를 연결하는 교량이 완전히 끊어지기만을. 너는 가진 것이 전무하다시피 하지만, 그러나 세계란 실로 과장된 말일 뿐이다. 너는 그저 이 커다란 도시를 헤매고 다니는 일, 벽담이나, 쇼윈도나, 공원과 강기슭을, 몇 킬로미터고 따라 걷는 것 말고는 아무것도 하지 않았다.

무관심은 무익하다. 네가 원하건, 원하지 않건, 그게 대체 무슨 상관이란 말인가! 핀볼 게임을 하거나 하지 않거나, 누군가는, 어쨌든, 기계의 투입구에 이십 상팀짜리 동전 하나를 밀어넣을 것이다. 너는, 매일 똑같은 식사를 함으로써 네가 결정적인 행동을 완수한다고 생각할 수 있으리라. 하지만 너의 거부는 무익하다. 네 선택 방기는 아무런 의미도 없다. 너의 무기력은 네 분노만큼이나 또 헛헛하다.

너는, 무관심하게, 지나칠 수 있다고, 거리를 따라갈 수 있다고, 도시에서 표류할 수 있다고, 인파들의 뒤꽁무니를 쫓을 수 있다고, 그림자들과 그 작은 틈새를 꿰뚫고 지나갈 수 있다고 생각한다.

하지만 아무 일도 일어나지 않았다: 그 어떤 기적도, 그 어떤 폭발도.

어김없이 찾아드는 하루하루는 오로지 네 인내심만을 갉아먹을 뿐, 우스꽝스러운 네 노력의 위선을 보다 적나라하게 드러낼 뿐이다. 시간이 완전히 멈췄더라면, 하지만 시간을 적으로 삼아 투쟁을 벌일 만큼 충분히 강하다고 말할 인간은 존재하지 않는다. 너는 속임수를 쓸 수도 있었고, 깨알만큼을, 단 몇 초를 벌수도 있었다. 그러나 생로크 교회의 종소리는, 피라미드 거리와 생토노레 거리의 교차로에 있는 신호등의 교대는, 층계참 수도꼭지의 저 보이지 않는 물방울 낙하 소리는, 단 한 번도 시간을, 분들을, 날들과 계절을 측정하는 일을 멈추지 않았다. 너는 시간을 망각한 척할 수도 있었다, 너는 밤에 걷고, 낮에 잠을 잘 수도 있었다. 너는 시간을 단 한 차례도 온전하게 속인 적이 없었다.

오래전부터 너는 네 피난처를 만들어냈고 또 부수었다. 질서 혹은 무위無爲를, 표류 혹은 잠을, 밤의 순환들을, 선택을 방기하는 순간들을, 어둠과 빛의 도주 따위를. 어쩌면 너는 오래전부터, 너 자신에게 계속해서 거짓말을 하거나, 너 자신을 녹초가 되게 내버려두거나,

너 자신을 꼼짝달싹하지 못하게 할 수도 있을 것이다. 하지만 게임은, 장려한 축제는, 허공에 걸린 네 삶을 기만하는 저 만취는 끝이 났다. 세계는 미동조차 없었고, 너는 변하지 않았다. 무관심이 너를 다른 인간으로 만들어주지는 않은 것이다.

너는 죽지 않았다. 너는 미치광이가 되지 않았다.

재앙은 존재하지 않는다, 그것은 다른 곳에 있다. 어쩌면 가장 하찮은 파국만으로도 너를 구원하기에는 충분했을지도 모른다: 너는 모든 것을 상실했을 수도 있었다, 너는 지켜야 할 무엇을, 설득하기 위해, 감동을 주기 위해, 건네야 하는 몇 마디 말을, 머금고 있었을 수도 있었으리라. 그러나 너는 병든 것도 아니다. 너의 낮들도 너의 밤들도 위험에 처한 것은 아니다. 네 두 눈은 본다, 네 손은 떨리지 않는다, 네 맥박은 일정하다, 네 심장은 뛴다. 만약 네가 못생겼더라면, 네 추함이 어쩌면 매력이 되었을 수도 있었겠지만, 그러나 너는 심지어 못생긴 것도, 꼽추인 것도, 말더듬이인 것도, 손이 불구인 것도, 앉은뱅이인 것도, 심지어 다리를 절지도 않는다.

그 어떤 저주도 너의 두 어깨를 짓누르지 않는다. 너는 어쩌면 괴물이리라, 그러나 지옥의 괴물은 아니다. 너는 괴로워하며 몸을 비틀거나, 울부짖을 필요도 없다. 그 어떤 시련도 너를 기다리지 않는다, 그 어떤 시시포스의 바위[138]도, 그 어떤 술잔도 네게 내밀자마자 그 즉시 거부되는 일은 없을 것이리라, 그 어떤 까마귀도 네 눈알에 눈독을 들이지 않을 것이다, 그 어떤 독수리도, 아침, 점심, 저녁으로, 네 간을 파먹으러 온다[139]는, 터무니없는 저 지루한 일을 치른다는 상상 따위는 하지 않았을 것이다. 네가, 큰소리로 용서를 호소하고, 연민을 구걸하면서, 재판관 앞에 끌려갈 이유는 없다. 그 누구도 너를 벌하지

---

138 지옥에서 인간이 끊임없이 시시포스의 바위를 산을 향해 굴려야 한다는, 카뮈의 소설 『시시포스의 신화』를 빗댄 것.

139 제우스에게 반항한 프로메테우스는 인간을 위해 불을 훔친 죄로 코카서스 산의 바위에 묶여 독수리에게 매일 아침, 점심, 저녁에 간을 쪼아 먹히는 형벌을 당해야 했다.

않을 것이며 또한 너는 잘못을 저지르지 않았다. 그 누구도, 너를 쳐다보며 오싹해져 너에게서 즉시 등을 돌리지는 않을 것이다.

모든 것을 감시하는, 저 시간은, 너와 상관없이 해답을 주었다. 대답을 알고 있는, 저 시간은, 계속해서 흘렀다.

얼마간 늦은, 조금은 이른, 여느 날과 다를 것 없는 어느 날, 모든 것이 다시 시작되고, 모든 것이 새로 시작되며, 모든 것이 계속 이어진다.

꿈꾸고 있는 사람처럼 말하는 짓거리를 그만두어라.

한번 봐라! 그들을 한번 봐라. 수천, 수만 명의 침묵하는 초병들이, 꼼짝 않는 지구인들이, 강기슭을, 제방을 따라, 빗물로 침수된 클리시 광장의 보도를 따라, 대양의 몽상에 한껏 젖어, 부서져 흩어지는 파도의 물보라를, 쇄도하는 물결을, 바닷새의 목쉰 울음소리를 기다리며, 꼼짝 않고 저기에 있지 않은가.

그렇지 않다. 너는 더이상, 이 세계의, 역사가 더는 손길을 내뻗지 못했던 그 세계의, 비가 내리는 것을 더는 느끼지 못했던, 밤이 오는 것도 더는 주시하지 못했던, 익명의 지배자가 아니다. 너는 이제 더이상, 접근하기 어려운 사람도, 맑은 사람도, 투명한 사람도 아니다. 너는 공포를 느낀다, 너는 기다린다. 너는, 클리시 광장에서, 내리는 비가 멎기를, 기다린다.

조르주 페렉 연보

1936 3월 7일 저녁 9시경 파리 19구 아틀라스 거리에 있는
산부인과에서 폴란드 출신 유대인 이섹 유드코 페렉Icek Judko
Perec과 시를라 페렉Cyrla Perec 사이에서 태어남.

1940 6월 16일 프랑스 국적이 없어 군사 징집이 되지 않았던
아버지 이섹 페렉이 자발적으로 참전한 노장쉬르센 외인부대
전장에서 사망.

1941 유대인 박해를 피해 일가 전체가 이제르 지방의
비야르드랑스로 떠남. 페렉은 잠시 레지스탕스 종교인들이
운영하는 비야르드랑스의 가톨릭 기숙사에 머물다 나중에
가족과 합류함. 이후 어머니는 적십자 단체를 통해 페렉을
자유 구역인 그르노블까지 보냄.

1942~43 파리를 떠나지 못했던 어머니 시를라가 12월 말경
나치군에게 체포돼 43년 1월경 드랭시에 수감되며, 2월
11일 아우슈비츠로 압송된 후 소식 끊김. 이듬해 아우슈비츠
수용소에서 사망했을 것으로 추정.

1945 베르코르에서 가족들과 망명해 당시 그르노블에 정착해
있던 고모 에스테르 비넨펠트Esther Bienenfeld가 페렉의 양육을
맡음. 고모 부부와 함께 파리로 돌아와 부유층 동네인 16구

아송시옹 가街에서 학창생활 시작. 샹젤리제 등을 배회하며 유년기와 청소년기를 보냄.

1946~54 파리의 클로드베르나르 고등학교와 에탕프의 조프루아 생틸레르 고등학교(49년 10월~52년 6월)에서 수학. 53년과 54년 에탕프의 고등학교에서 그에게 문학, 연극, 미술에 대한 열정을 일깨워준 철학 선생 장 뒤비뇨Jean Duvignaud를 만나 친분을 쌓았고, 동급생인 자크 르데레Jacques Lederer와 누레딘 메크리Noureddine Mechri를 만남.

1949 전 생애에 걸쳐 세 차례의 정신과 치료를 받는데, 처음으로 프랑수아즈 돌토Françoise Dolto에게 치료받음. 이때의 경험은 영화 〈배회의 장소들Les lieux d'une fugue〉에 상세히 기록됨.

1954 파리의 앙리4세 고등학교의 고등사범학교 수험준비반 1년차 수료.

1955 소르본에서 역사학 공부를 시작하다가 그의 철학 선생이었던 장 뒤비뇨와 작가이자 53년 『레 레트르 누벨Les lettres nouvelles』을 창간한 모리스 나도Maurice Nadeau의 추천으로 잡지 『N.R.F.』 지와 『레 레트르 누벨』지에 독서 노트를 실으면서 문학적 첫발을 내딛음. 분실된 원고인 첫번째 소설 『유랑하는 자들Les Errants』을 집필함.

1956 정신과 의사 미셸 드 뮈잔Michel de M'Uzan과 상담 시작. 아버지 무덤에 찾아감. 문서계 기록원으로 첫 직업생활을 시작함.

1957 아르스날 도서관에서 아르바이트를 함. 문서화 작업과 항목 분류작업 체계는 그의 작품 주제에 대한 영감을 제공함. 결정적으로 이해에 학업을 포기함. 미출간 소설이자 분실되었다가 다시 되찾은 원고인 『사라예보의 음모L'Attentat de Sarajevo』를 써서 작가 모리스 나도에게 보여주어 호평을 받음. 57년부터 60년 사이, 에드가 모랭이 56년에 창간한

잡지 『아르귀망*Arguments*』을 위주로 형성된 몇몇 그룹 회의에
참석함.

1958~59 58년 1월에서부터 59년 12월까지 프랑스 남부 도시 포에서
낙하산병으로 복무함. 전몰병사의 아들이라는 사유로
알제리 전투에 징집되지 않음. 59년에 『가스파르*Gaspard*』를
집필하나 갈리마르 출판사로부터 출간을 거절당함. 이후
『용병대장*Le Condottière*』으로 출간됨.

1959~63 몇몇 동료들과 함께 잡지 『총전선*La Ligne générale*』을 기획.
마르크스주의에 입각한 이 잡지는 비록 출간되지는
못했지만 이후 페렉의 문학적 사상과 실천에 깊은 영향을
미침. 이 과정에서 준비한 원고들을 이후 정치문화 잡지인
『파르티장*Partisans*』에 연재함.

1960~61 60년 9월 폴레트 페트라*Paulette Pétras*와 결혼해 튀니지
스팍스에 머물다, 61년 파리로 돌아와 카르티에라탱 지구의
카트르파주 가에 정착함.

1961 자서전적 글인 『나는 마스크를 쓴 채 전진한다*J'avance masqué*』를
집필했으나 갈리마르 출판사로부터 출간을 거절당함.
이 원고는 이후 『그라두스 아드 파르나숨*Gradus ad Parnassum*』으로
다시 재구성되나 분실됨.

1962 61년부터 국립과학연구센터CNRS에서 신경생리학
자료조사원으로 일하기 시작. 또 파리 생탕투안 병원의
문헌조사원으로도 일함. 78년 아셰트 출판사의 집필지원금을
받기 전까지 생계유지를 위해 이 두 가지 일을 계속함.

1962~63 프랑수아 마스페로*François Maspero*가 61년에 창간한
『파르티장』에 여러 글을 발표함.

1963~65 스물아홉의 나이에 『사물들*Les Choses*』을 출간하며 문단의
커다란 주목을 받음. 그해 르노도 상 수상.

1966 중편소설 『마당 구석의 어떤 크롬 자전거를 말하는 거니? *Quel petit vélo à guidon chrome au fond de la cour?*』 출간. 『사물들』의 시나리오 작업을 위해 장 맬랑, 레몽 벨루와 함께 스팍스에 체류.

1967 3월 수학자, 과학자, 문학인 등이 모인 실험문학 모임 '울리포OuLiPo'에 정식 가입. '잠재문학 작업실'이라는 뜻을 지닌 울리포 그룹은 작가 레몽 크노Raymond Queneau와 수학자 프랑수아 르 리오네François le Lionnais가 결성했는데, 훗날 페렉은 자신의 소설 『인생사용법』을 크노에게 헌정함. 9월, 장편소설 『잠자는 남자 *Un homme qui dort*』 출간.

1968 파리를 떠나 노르망디 지방의 물랭 당데에 체류. 자크 루보Jacques Roubaud를 비롯한 울리포 그룹 일원들과 친분을 돈독히 함. 5월에 68혁명이 일어나자 물랭 당데에 계속 머물며 알파벳 'e'를 뺀 리포그람 장편소설 『실종 *La Disparition*』을 집필함.

1969 비평계와 독자들을 모두 당황하게 한 『실종』 출간. 피에르 뤼송, 자크 루보와 함께 바둑 소개서인 『오묘한 바둑기술 발견을 위한 소고 *Petit traité invitant à la découverte de l'art subtil du go*』 출간. 68혁명의 실패를 목도한 페렉은 이데올로기의 실천에 절망하며 이후 약 삼 년간 형식적 실험과 언어 탐구에만 몰두함. 『W 또는 유년의 기억 *W ou le souvenir d'enfance*』을 『캥젠 리테레르 *Quinzaine littéraire*』지에 이듬해까지 연재함.

1970 페렉이 집필한 희곡 『임금 인상 *L'Augmentation*』이 연출가 마르셀 뒤블리에의 연출로 파리의 게테-몽파르나스 극장에서 초연됨. 울리포 그룹에 가입한 첫 미국 작가 해리 매튜스Harry Mathews와 친분을 맺음.

1971~75 정신과 의사 장베르트랑 퐁탈리스Jean-Bertrand Pontalis와 정기적으로 상담함.

1972 『실종』과 대조를 이루는 장편소설 『돌아온 사람들 *Les Revenentes*』
출간. 이 소설에서는 모음으로 알파벳 'e'만 사용함. 고등학교
시절 스승인 장 뒤비뇨와 함께 잡지 『코즈 코뮌 *Cause Commune*』
의 창간에 참여함.

1973 꿈의 세계를 기록한 에세이 『어렴풋한 부티크 *La Boutique obscure*』
출간. 울리포 그룹의 공동 저서 『잠재문학. 창조, 재창조,
오락 *La littérature potentielle. Création, Re-créations, Récréations*』이 출간됨.
페렉은 이 책에 「리포그람의 역사 *Histoire du lipogramme*」를 비롯한
짧은 글들을 게재. 『일상 하위의 것 *L'infra-ordinarie*』을 집필함.

1973~74 영화감독 베르나르 케이잔과 함께 흑백영화 〈잠자는 남자〉
공동 연출. 이 영화로 매년 최고의 신진 영화인에게 수여하는
장 비고 상을 수상함.

1974 공간에 대한 명상을 담은 에세이 『공간의 종류들 *Espèces
d'espaces*』 출간. 페렉의 희곡 『시골파이 자루 *La Poche Parmentier*』가
니스 극장에서 초연되고 베르나르 케이잔이 영화로도
만듦. 해리 매튜스의 소설 『아프가니스탄의 녹색 겨자 밭
Les Verts Champs de moutarde de l'Afganistan』 번역, 출간. 플로베르의
작업을 다룬 케이잔 감독의 영화 〈귀스타브 플로베르 *Gustave
Flaubert*〉의 텍스트를 씀. 파리의 린네 가에 정착, 본격적으로
『인생사용법』 집필에 몰두함.

1975 픽션과 논픽션을 결합한 자서전 『W 또는 유년의 기억』
출간. 잡지 『코즈 코뮌』에 「파리의 어느 장소에 대한 완벽한
묘사 시도 *Tentative d'épuisement d'un lieu parisien*」 게재, 이후 이 글은
소책자로 82년에 출간됨. 6월부터 여성 시네아스트 카트린
비네 *Catherine Binet*와 교제 시작. 이후 비네는 페렉과 동거하며
그의 임종까지 함께함.

1976 화가 다도 *Dado*가 흑백 삽화를 그린 시집 『알파벳 *Alphabets*』

출간. 크리스틴 리핀스카Christine Lipinska의 17개의 사진과
더불어 17개의 시가 실린 『종결 *La Clôture*』을 비매품 100부
한정판으로 제작함. 레몽 크노의 『혹독한 겨울 *Un rude hiver*』에
소개글을 실음. 파리 16구에서 보냈던 유년기와 청소년기의
방황을 추적하는 단편 기록영화 〈배회의 장소들〉 촬영.
주간지 『르 푸앵 *Le Point*』에 『십자말풀이 *Les Mots Croisés*』 연재
시작. 페렉이 시나리오를 쓴 케이잔 감독의 영화 〈타자의
시선 *L'œil de l'autre*〉이 소개됨.

1977 「계략의 장소들 *Les lieux d'une ruse*」(이후 『생각하기/분류하기』에
포함됨)을 집필함.

1978 에세이 『나는 기억한다 *Je me souviens*』 출간. 9월에 장편소설
『인생사용법』 출간. 이 작품으로 프랑스 대표 문학상 중
하나인 메디치 상을 수상하고 아셰트 출판사의 집필지원금을
받아 전업작가가 됨.

1979 아셰트에서 발간한 비매품 소책자 『세종 *Saisons*』에 처음으로
「겨울 여행 *Le Voyage d'hiver*」이 발표됨. 이후 1993년 단행본으로
쇠유에서 출간. 『어느 미술애호가의 방 *Un Cabinet d'amateur*』 출간.
크로스워드 퍼즐 문제를 엮은 『십자말풀이』가 출간되고,
이 1권에는 어휘 배열의 기술과 방법에 대한 저자의 의견이
선행되어 실려 있음. 86년에 2권이 출간됨. 로베르 보베르와
함께 미국을 여행하면서, 20세기 초 미국에 건너온 유대인
이민자들의 삶을 다룬 기록영화 〈엘리스 아일랜드 이야기.
방랑과 희망의 역사 *Récits d'Ellis Island. Histoires d'errance et d'espoir*〉 제작.
이 영화 1부의 대본과 내레이션, 2부의 이민자들 인터뷰를
페렉이 맡음. 알랭 코르노 감독의 〈세리 누아르 *Série noire*〉
(원작은 짐 톰슨Jim Thompson의 소설 『여자의 지옥 *A Hell of a
Woman*』)를 각색함.

1980 영화의 1부에 해당하는 에세이『엘리스 아일랜드 이야기.
방랑과 희망의 역사』출간. 시집『종결, 그리고 다른 시들
La Clôture et autres poèmes』출간.

1981 시집『영원 *L'Éternité*』과 희곡집『연극 I *Théâtre I*』출간. 해리
매튜스의 소설『오드라데크 경기장의 붕괴 *Le Naufrage du stade
Odradek*』번역, 출간. 로베르 보베르의 영화 〈개막식 *Inaugura-
tion*〉의 대본을 씀. 카트린 비네의 영화 〈돌랭장 드 그라츠
백작부인의 장난 *Les Jeux de la comtesse Dolingen de Gratz*〉 공동 제작. 이
영화는 81년 베니스 영화제에 초청되며, 같은 해 플로리다
영화비평가협회 FFCC 상을 수상. 화가 쿠치 화이트 Cuchi White가 **129**
그림을 그리고 페렉이 글을 쓴『눈먼 시선 *L'Œil ébloui*』출간.
호주 퀸스 대학의 초청으로 호주를 방문해 약 두 달간 체류.
그해 12월 기관지암 발병.

1982 잡지『르 장르 위맹 *Le Genre humain*』2호에 그가 생전에 발표한
마지막 원고「생각하기/분류하기」가 실림. 이 책은 사후 3년
뒤인 85년에 출간됨. 3월 3일 파리 근교 이브리 병원에서
마흔여섯번째 생일을 나흘 앞두고 기관지암으로 사망.
그의 유언에 따라 파리의 페르라셰즈 묘지에서 화장함.
미완성 소설『53일 *Cinquante-trois Jours*』을 남김. 카트린 비네의
영화 〈눈속임 *Trompe l'oeil*〉에서 쿠치의 사진과 미셀 뷔토르의
시「멍한 시선」과 더불어 페렉의 산문「눈부신 시선」과 시
「눈속임」이 대본으로 쓰임.

  * 1982년에 발견된 2817번 소행성에 '조르주 페렉'이라는
이름이 붙여졌으며, 1994년 파리 20구에 '조르주 페렉 거리 rue
de Georeges Perec'가 조성되었다.

주요 저술 목록

저서(초판)

『사물들』
  Les Choses
  Paris: Julliard, collection "Les Lettres Nouvelles," 1965, 96p.

『마당 구석의 어떤 크롬 도금 자전거를 말하는 거니?』
  Quel petit vélo à guidon chromé au fond de la cour?
  Paris: Denoël, collection "Les Lettres Nouvelles," 1966, 104p.

『잠자는 남자』
  Un homme qui dort
  Paris: Denoël, collection "Les Lettres Nouvelles," 1967, 163p.

『임금 인상을 요청하기 위해 과장에게 접근하는 기술과 방법』
  L'art et la manière d'aborder son chef de service pour lui demander une augumentation
  L'Enseignement programmé, décembre, 1968, n° 4, p.45~66

『실종』
  La Disparition
  Paris: Denoël, collection "Les Lettres Nouvelles," 1969, 319p.

『돌아온 사람들』
  Les Revenentes
  Paris: Julliard, collection "Idée fixe," 1972, 127p.

『어렴풋한 부티크』
La Boutique obscure
Paris: Denoël-Gonthier, collection "Cause commune," 1973, non paginé, posteface de Roger Bastide.

『공간의 종류들』
Espèces d'espaces
Paris: Galilée, collection "L'Espace critique," 1974, 128p.

『파리의 어느 장소에 대한 완벽한 묘사 시도』
Tentative d'epuisement d'un lieu parisien
Le Pourrissement des sociétés, Cause commune, 1975/1, Paris: 10/18 (n° 936), 1975, p.59~108. Réédition en plaquette, Christian Bourgois Éditeur, 1982, 60p.

『W 또는 유년의 기억』
W ou le souvenir d'enfance
Paris: Denoël, collection "Les Lettres Nouvelles," 1975, 220p.

『알파벳』
Alphabets
Paris: Galilée, 1976, illustrations de Dado en noir et blanc, 188p.

『나는 기억한다: 공동의 사물들 I』
Je me souviens. Les choses communes I
Paris: Hachette, collection "P.O.L.," 1978, 152p.

『십자말풀이』
Les Mots croisés
Paris: Mazarine, 1979, avant-propos 15p., le reste non paginé.

『인생사용법』
La Vie mode d'emploi
Paris: Hachette, collection "P.O.L.," 1978, 700p.

『어느 미술애호가의 방』
Un Cabinet d'amateur, histoire d'un tableau
Paris: Balland, collection "L'instant romanesque," 1979, 90p.

『종결, 그리고 다른 시들』
La Clôture et autres poèmes
Paris: Hachette, collection "P.O.L.," 1980, 93p.

『영원』
> *L'Éternité*
> Paris: Orange Export LTD, 1981.

『연극 I』
> *Théâtre I, La Poche Parmentier précédé de L'Augmentation*
> Paris: Hachette, collection "P.O.L.," 1981, 133p.

『생각하기/분류하기』
> *Penser/Classer*
> Paris: Hachette, collection "Textes du 20 siècle," 1985, 185p.

『십자말풀이 II』
> *Les Mots croisés II*
> Paris: P.O.L. et Mazarine, 1986. avant-propos 23p., le reste non paginé.

『53일』
> *Cinquante-trois Jours*
> Texte édité par Harry Mathews et Jacques Roubaud, Paris: P.O.L., 1989, 335p.

『일상 하위의 것』
> *L'infra-ordinaire*
> Paris: Seuil, collection "La librairie du 20 siècle," 1989, 128p.

『기원』
> *Vœux*
> Paris: Seuil, collection "La librairie du 20 siècle," 1989, 191p.

『나는 태어났다』
> *Je suis né*
> Paris: Seuil, collection "La librairie du 20 siècle," 1990, 120p.

『L 소프라노 성악가, 그리고 다른 과학적 글들』
> *Cantatrix sopranica L. et autres écrits scientifiques*
> Paris: Seuil, collection "La librairie du 20 siècle," 1991, 123p.

『총전선. 60년대의 모험』
> *L. G. Une aventure des années soixante*
> Recueil de textes avec une préface de Claude Burgelin, Paris: Seuil, collection "La librairie du 20 siècle," 1992, 180p.

『인생사용법 작업 노트』
Cahier des charges de La vie mode d'emploi
Edition en facsimiél, transcription et présentation de Hans Hartke,
Bernard Magné et Jacques Neefs, Paris: CNRS/Zulma, 1993.

『겨울 여행』
Le Voyage d'hiver
Paris: Seuil, collection "La librairie du 20 siècle," 1993.

『아름다운 실재, 아름다운 부재』
Beaux présents belles absentes
Paris: Seuil, 1994.

『엘리스 아일랜드』
Ellis Island
Paris: P.O.L., 1995.

『페렉/리나시옹』
Perec/rinations
Paris: Zulma, 1997.

공저

『오묘한 바둑기술 발견을 위한 소고』, 피에르 뤼송, 자크 루보와 공저
Petit traité invitant à la découverte de l'art subtil du go
Paris: Christian Bourgois, 1969, 152p.

『잠재문학. 창조, 재창조, 오락』, 울리포
La Littérature potentielle. Créations, Re-créations, Récréations
Paris: Gallimard/Idées, n° 289, 1973, 308p.

『엘리스 아일랜드 이야기. 방랑과 희망의 역사』, 로베르 보베르와
공저
Récit d'Ellis Island. Histoires d'errance et d'espoir
Paris: Sorbier/INA, 1980, 149p.

『눈먼 시선』, 쿠치 화이트와 공저
L'Œil ébloui
Paris: Chêne/Hachette, 1981.

『잠재문학의 지형도』, 울리포
Atlas de littérature potentielle
Paris: Gallimard/Idées, no 439, 1981, 432p.

『울리포 총서』
La Bibliothèque oulipienne
Paris: Ramsay, 1987.

『사제관과 프롤레타리아. PALF보고서』, 마르셀 베나부와 공저
Presbytère et Prolétaires. Le dossier PALF
Cahiers Georges Perec no 3, Paris: Limon, 1989, 118p.

『파브리치오 클레리치를 위한 사천여 편의 산문시들』,
파브리치오 클레리치와 공저
Un petit peu plus de quatre mille poèmes en prose pour Fabrizio Clerici
Paris: Les Impressions Nouvelles, 1996.

역서

해리 매튜스, 『아프가니스탄의 녹색 겨자 밭』
Les verts champs de moutarde de l'Afganistan
Paris: Denoël, collection "Les Lettres Nouvelles," 1974, 188p.

—, 『오드라데크 경기장의 붕괴』
Le Naufrage du stade Odradek
Paris: Hachette, collection "P.O.L.," 1981, 343p.

조재룡

작품 해설   반수면 상태의 '너'가
뽑어내는 위대한 무관심

**조르주 페렉의 『잠자는 남자』
한국어 번역에 부쳐**

137

> 잠자는 남자는 제 주위로 시간의 실, 세월과 세계들의 질서
> 를 감고 있다.
>
> 마르셀 프루스트, 『잃어버린 시간을 찾아서―스완네 집 쪽으로』 중에서

> 마침내 넌 이 낡은 세계가 지겹다.
>
> 기욤 아폴리네르, 「변두리」 중에서

Prologue: 무관심에 관해 말할 수 있는 모든 것

1960년대 중반, 제 세번째 작품이 될 『잠자는 남자 *Un homme qui dort*』
(1967)를 구상하고 있던 조르주 페렉은 필경 사르트르와 누보로망,
이렇게 둘을 염두에 두고 있었을 것이다. 사회적 제약에서 벗어날 수
없는 개인의 존재를 인정하면서도, 개인이 제 선택권을 포기하는 일
은 있을 수 없다며 실존을 역설한 사르트르, 언어와 언어의 감추어진
무한한 힘에 주목하여, 글의 모험 *l'aventure d'écriture*으로, 전통 소설이 개
진해왔던 모험의 글 *l'écriture de l'aventure*을 대체해나가려 노력했던 누보로
망의 미학중심주의, 이렇게 양자를, 그러나 페렉은 단지 절반만 손에

쥐고 있었다고 해야 할지도 모른다. 언어의 유희로 뒤발된 무목적성의 글쓰기를 살며시 놓아버리고, 앙가주망의 저 유혹의 손길을 슬그머니 뿌리치고서, 페렉이『잠자는 남자』에서 선택한 것은 실존적 물음을 가능한 한 끈덕지게 비끄러매는 글쓰기, 그 교교하고도 면면한 내면의 전개에 내기를 거는 글쓰기라고 해야 하기 때문이다.

작가라면 누구나 엇비슷한 글을 쓰려고 하지는 않는다. 작가라면 또한 글로 표현될 수 있는 세계를 한없이 넓히려 할 것이며, 이에 관해서라면 페렉을 따라올 자, 그리 많지 않아 보인다. 여기저기서 페렉을 소개한 신뢰할 만한 글들이 입을 모으고 있는 것은 이처럼 "만능열쇠로도 열 수 없는"(이재룡) 글쓰기의 복잡성이나, "빈자리가 호명한 삶"에 천착하며 창조해나가는 "위반의 글쓰기"(김호영)이다. 페렉의 작품 대부분이 퍼즐과도 같은 미로를 열어보이지만,『잠자는 남자』는 그의 트레이드 마크라고 해도 좋을 언어의 무한한 가능성을 실험하고자 난해하고도 지난한 모험을 감행하였다고 단정짓기는 어려워 보인다. 초기 3부작인『사물들』,『마당 구석의 어떤 크롬 자전거를 말하는 거니?』,『잠자는 남자』를 집필할 당시, 페렉은 아직 '제약 contrainte'을 모토로 삼아, '리포그람lipogramme'을 꾸준히 실험해나갔던 울리포Oulipo 그룹에 본격적으로 합류하지는 않았기 때문이다.『사물들』이 삼인칭 인물들 제롬과 실비를 내세워 1960년대 소비자본주의 사회의 욕망을 소비하고자 하는 글쓰기, 그러니까 저들 앞에 펼쳐진 대상(상품)들을 소유하는 데 열화와 같은 욕망으로 입회하는 글쓰기를 보여주었다면,『잠자는 남자』는 오히려 이인칭 '너'를 내세워, 세계와 맺는 개인의 관계가 버겁다고 고백하고, 지워진 것이나 다름없는 실루엣으로 제 정체성을 감싸고자 버둥거리면서, 그러한 노력 자체를 실존에 필요한 최소한의 밑감으로 삼는다. 초창기의 이 빛나는 두 작품에 대해 페렉은 이렇게 말한다.

『사물들』은 현혹의 수사학적 장소들, 대상들이라고 하는 것
이 우리에게 실행하는 현혹에 관해 말할 수 있는 모든 것입
니다.『잠자는 남자』는 무관심의 수사학적 장소들, 무관심에
관해 우리가 말할 수 있는 모든 것입니다.[1]

대관절 "무관심에 관해 우리가 말할 수 있는 모든 것"이라니! 도
대체『잠자는 남자』가 어떻기에 이렇게 말하는 것일까?

1. 이인칭의 알리바이

먼저 생각해봐야 하는 것은 당연히 인칭의 사용이다. 왜 하필 '이인
칭 단수'인 '너'를 말의 주어이자 당사자로 내세운 것일까? 삼인칭이
나 일인칭에 기반한 서사의 전통을 과감히 등지지 않고서는 '무관심'
을 향한 지각의 모험이 애당초 가능하지 않을 것이라고 생각했던 것
은 아닐까. 두 가지 조건이 필요했을 것이다. 기존의 소설을 지배해온
인칭을 과감히 버리는 것이 첫째라면, 무관심을 주제로 큰 족적을 남
겼던 문학사의 굵직굵직한 작품들을 제 글 안에 숨겨놓는 일이 두번
째였다. 그렇다면 이인칭은 대체 어떤 특징을 지니고 있는 것일까? 삼
인칭이나 일인칭에 비해 이인칭이 운신의 폭이 좁은 것은 아니다. 오
히려 이인칭은 객관성을 지향하는 삼인칭과 주관성을 맘껏 궁굴리는
일인칭, 이 양자의 특성을 언제고 오갈 수 있기 때문이다. 그러면서도
필요에 따라 등질 수도 있는, 다시 말해, 어디를 보는지, 무엇을 지시
하는지, 누가 말하는지 등등 소설의 믿을 만한 지표들을 과감히 포기
할 수 있는 인칭이며, 매우 직접적인 방식으로 말을 던지고 새로운 지
각의 상태에 독자들을 결부시킬 알리바이이기도 하다. 그러니까, 이
인칭 단수 '너'의 활용에서 묘사나 사건이 주된 얼개가 되는 것은 아
니라는 말이다. 이인칭의 특징에 대해 페렉은 이런 말을 남겼다.

139

1 Georges Perec, "Pouvoirs et limites du
romancier français contemporain," in *Parcours
Perec* (colloque de Londre mars 1988), Lyon:
Presses Universitaires de Lyon, 1990, 37쪽.

너

A) 독자들을 어떤 상태에 이르게 하려는 노력의 일환

　너는 이 책을 읽고 너 자신에게 묻는다 등등.

B) 일기의 한 형식

　그에게 무얼 말할지 너는 모르고 있었던 거란 말인가?

　네가 네 일생 동안 등등……

c) 작자-등장인물 사이의 관계를 향하는 단계:

　내가 그를 죽는 것으로 해버릴까? 아니야, 그러면 독자들은 실망하겠지.(『마의 산』의 결말을 보라)

d) 편지의 일종:

　에르네스틴이 더 나아졌다고 너는 내게 말하지……

e) '너'가 되어 나타나는 '나'의 시선?

　『잠자는 남자』에서는 a) 50%, b) 30%, 그리고 c) 20%[2]

삼인칭이 발자크나 졸라의 그것에서처럼, 객관성에 무게를 둔 작품들, 자연주의나 사실주의 소설의 근간이었다면, 일인칭은 대혁명과 낭만주의를 지나오면서 절대적인 객관성을 부정하기 위해 사용되었다고 할 수 있겠다. 일인칭은 이렇게 부르주아의 자기의식에 소설이 주목하게 된 결과이자 고백체를 담아낼 수단이기도 하였다. 페렉이 『잠자는 남자』에서 차용한 단 하나의 인칭인 이인칭은, 이 양자의 틈새를 과감히 비집고 들어간다. 거칠게 말하자면, 제국주의나 파시즘, 전쟁과 자본주의 소비사회의 가속화 등으로 인해 위협받는 자아가 객관성과 주관성을 동시에 상실하게 된 어떤 상태를 지각의 흐름에 의존하여 소설에서 실험해나가는 데서, 이인칭은 제 합당한 사용의 근거를 찾고 있는 것으로 보인다. 『잠자는 남자』에서 의식의 흐름을 존중하겠다는 듯이 한없이 표류하는 서사를 끝없이 풀어놓거나, 익명성을 조장하고 또 일구어내는 역할을 담당하는 것은 바로 이 이

140

2 David Bellos, *Georges Perec, Une vie dans les mots*, Paris: Seuil, 1994, 336쪽.

인칭이라고 해야 한다. 익명성을 유지하기 위해서 '너'가 하는 일은
그렇다면 무엇인가? 그것은 우선 거부의 몸짓으로 나타난다.

> 얼마 후, 네 시험 날이 되고 너는 몸을 일으키지 않는다. 이
> 것은 일부러 계획한 어떤 동작이 아니며, 게다가 동작이라
> 고 할 것도 없으니, 동작의 부재이거나, 네가 하지 않은 어
> 떤 동작이거나, 네가 하기를 꺼리는 동작이라고 해야 할까.
> (본문 18쪽)

> 너는 수험생들의 통찰력 테스트를 위해 제출된 문제를 따져
> 물으러 시험장의 출구로 가지 않는다. 너는, 여느 날과 마찬
> 가지로, 습관이 널 이끄는 대로 갔던, 그러나 이례적으로 중
> 차대하다 할 이날에 더 유별나게 네 친구들을 찾겠다고 카페
> 에 가지는 않는다.(본문 20쪽)

141

학교에 가지 않거나 (잠)자리에서 몸을 일으키지 않는 것, 일상
생활을 유지하기 위해서라면 응당 치러야 할 최소한의 임무에 게으
르거나 찾아온 친구를 거부하는 행위는, 제 정체성을 부정하고 나아
가 익명성으로 소설 전반의 분위기를 한껏 물들이는 데 기여한다. 이
렇게 '너'는 누구도 마주칠 위험이 없는 캄캄한 밤이 되어서야 제 방
을 빠져나올 뿐이며, 밖으로 나와서 하는 일이라곤 낡고 음산한 영화
관이나 발걸음이 잦아든 선술집의 구석진 자리에 처박히거나, 하릴
없이 거리를 이리저리 배회하는 것뿐이다. 인적이 드문 강가에 홀로
앉아 물끄러미 치고 또 빠져나가는 강물의 물살을 주시하거나, 어느
공원의 벤치 위에 무람없이 앉아서 그저 늙은 노인을 찬찬히 뜯어보
고, 그러면서 그를 좀처럼 "약점"을 찾을 수 없고 또 "오래전부터 추
구해온 확고한 지침"의 소유자이자 저 "난공불락"의 당사자라며 감

탄을 보낼 뿐이다. 이 모든 행동은 나를 숨긴 상태에서 진행되기에 물론 피동적이다. 목적도 없는 배회에 전념하는 '너'는 명백히 익명의 '너'이면서 익명의 상태로 그토록 남겨지기를 원하는 '너'이다. 그렇게 되기 위해서는 무엇보다도 군중에 속해야 하고, 특정 그룹이나 어떤 사회적 카테고리의 바깥에 위치해 그들을 주시하는 일이 요구된다. 카페나 술집은 특정한 공간이지만 이렇게 페렉의 작품에서는 철저하게 무의미한 공간으로 남겨지며, '너'는 그저 이곳을 들락거리는 사람들을 바라보거나, 그것도 잠시만 눈길을 줄 뿐이다. 『잠자는 남자』에서 이인칭 '너'는 익명성을 유지하고 익명의 상태로 모든 것을 돌려놓는 기원인 것이다.

2. '너'는 누구인가?

익명성은 이렇게 우선 자신의 존재에 대한 확고한 인식이 불가능하다는 사실에서 연원한다. 『잠자는 남자』의 '너'는 사실, 제 이름조차 지워진 존재이다. 그는 카프카의 『성城』 같은 작품에서 최소한 유지되고, 로브그리예 같은 누보로망 계열의 작가들이 차용했던, 알파벳 대문자로 표기되는 등장인물조차도 포기한 '너', 고작해야 인칭대명사 그 자체로만 존재할 뿐인 주인공이기 때문이다. 방점은 물론 '인칭'이 아니라 '대명사'에 찍힐 것이다. '너'는 고독이나 쓸쓸함, 무관심이나 허무의 최대치를 담아내고자 설정된 등장인물이자, 소설의 외연을 결정하고 말의 범주를 한정짓는 낯설고 기이한 형식인 것이다. '너'는 악인과 맞서 싸우며 굴곡진 사연을 차곡차곡 챙겨나가는 일대 모험의 주인공이 아니라, 오로지 무형의 것들, 희미한 것들, 관심 밖으로 밀려난 것들, 사소하다 못해 눈에 들어오지도 않는 존재들을 관찰하고 주시할 뿐이다. 그렇기에 '너'가 마주치고, '너'에게 말을 걸고, '너'의 시야를 차지하는 것은 거개가 이런 자들로 채워진다.

제 삶에 대해, 제 감옥에 대해, 제 양로원에 대해, 사기당한 제 여행상품에 대해, 제 병원에 대해, 네게 얘기를 들려주는, 핏기 없는 낯빛들, 해진 칼라들, 말을 더듬거리는 사람들. 철자법 개정을 지지해온 늙은 초등학교 교사들, 완벽하게 폐지를 회수할 수 있는 시스템을 완성했다고 믿고 있는 정년퇴직자들, 전술가들, 점성술사들, 지하수맥 탐사가들, 무면허 의사들, 증인들, 고정관념과 함께 인생을 보내온 모든 사람들; 쓰레기들, 찌꺼기들, 바텐더들이 입 언저리까지 가져갈 수 없을 만큼 넘실넘실 술잔을 채워 조롱을 해대는, 해악을 끼칠 수도 없을 만큼 늙어버린 괴물들, 마리 브리자르를 단숨에 들이키는, 그러고서 아무렇지 않은 척 애쓰고 있는, 모피 입은 저 늙은 매춘부들.

143

그리고 그 밖의 모든 사람들, 가장 악질인 놈들, 신심 깊은 체하는 작자들, 교활한 놈들, 자기만족에 빠진 사람들, 이해했다는 표정으로 미소를 지어보이는, 다 알고 있다고 생각하는 사람들, 비만증 환자들과 젊음에 집착하는 인간들, 유제품 판매자들, 훈장을 받아먹은 인간들; 거나히 취해 흥청거리는 놈들, 포마드를 처바른 변두리 촌놈들, 돈 많은 놈들, 빌어먹을 별자丙者들. 너를 증인으로 삼는, 너를 뚫어지게 꼬나보는, 너를 심문하는 것을 마땅한 제 권리로 굳게 믿고 있는 저 괴물들. 상당수의 가족을 거느린, 제 괴물 같은 자식들을, 제 괴물 같은 개들을 거느린 괴물들; 빨간 신호들에 저지당한 수천의 괴물들; 찢어지는 소리를 내는 괴물들의 암컷들; 콧수염을 기르고, 조끼를 입고, 멜빵을 둘러맨 괴물들, 추악한 기념비 앞에서 한 무더기로 쏟아져나오는 관광객 괴물들, 나들이옷을 껴입은 괴물들, 괴물 같은 군중.(본문 98쪽)

『잠자는 남자』에서 '너'는 성숙하지 못한 사람들, 무능력한 사람들, 소외된 사람들, 유약한 심성의 소유자들, 악한들, 고삐 풀린 인간들, 집중하지 못하는 사람들, 유용성이 죄다 제거된 사람들, 뒤처진 사람들, 남루한 사람들을 대표하는 일종의 메타포이다. '너'는 자신의 내면 깊숙한 곳에 실타래처럼 뒤엉켜 존재하는 무정형의 괴물들을 "잠의 모험"을 통해 불러내기를 반복하는, 영원히 잠들지 못하거나 반수면 상태에 놓여 있는 예민한 존재인 것이다.『잠자는 남자』에서 무엇인가 종결되어야 마땅한 지점에서 비로소 이야기가 착수되는 것은 따라서 의미심장하다. 소설의 첫 구절이 이렇게 시작하는 것은 우연은 아니다.

> 네가 눈을 감자마자, 잠의 모험이 시작된다.(본문 13쪽)

의식의 끝 간 곳에서 새로이 시작되는 모험은 대관절 무엇을 의미하는 걸까? 이 물음에 대답하기 위해, 우선 '너'의 정체에 관해 살펴볼 필요가 있겠다. 세상사는 물론, 오롯이 의식 속에서 일어나고 사라지는 크고 작은 사건들, 아니 반듯하게 제 눈앞에 존재하는 사물들이나 저 대상들을 모두 무(력)화하려는 이 '너'는 대체 누구인가?

> 너는 스물다섯 살이고, 스물아홉 개의 이빨을 갖고 있으며, 셔츠 세 장과 양말 여덟 개와, 네가 더이상 읽지 않는 책 몇 권과, 네가 더이상 듣지 않는 음반 몇 장을 갖고 있다.(본문 22쪽)

우리가 알 수 있는 주인공의 겉으로 드러난 면모는 이것이 전부라고 해도 과언은 아니다. 여기에다가 몇 가지 사소한 정보를 추가할 수도 있겠다. 네스카페(잔을 포함하여), 자명종 시계, 폭 좁은 장의

자, 금 간 거울, 트럼프 정도 제외하고, '너'가 실질적으로 소유하고 있
는 것은 거의 없는 것이나 마찬가지인 듯하다. 끝내 주인공 '너'의 이
름조차 드러내지 않고 소설을 끝맺은 것은, 이 작품이 깨어 있는 정신
성보다는 오히려 비몽사몽으로 흩어지고 갈피를 잡을 수 없는 내면
의 편을 들어, 새롭게 열리는 지각의 상태를 고지하기 때문이다. 네가
시험을 치르러 가지 않는 것은, 그러니까, 의식의 상태에서 명백한 이
유를 갖추어 행하는 반사회적인 반항에 가깝다기보다, 그 이유를 알
수 없고 또 그것에 대해 물어볼 수조차 없는, 그러나 뿌리칠 수 없이
육박해오는 무기력과 무관심 때문이다. 따라서 『잠자는 남자』에서
'너'의 몸짓이나 행위 하나하나는 익명의 세계로 편입되려는 의지의
발현으로 읽을 수 있다. 그런데, 대체 왜 그래야만 하는 걸까?

> 뭔가가 무너지고 있었다, 뭔가가 무너져버렸다. 너는 더이
> 상―뭐라고 하는 게 좋을까?―지속된다는 느낌을 받지 못한
> 다: 그러니까, 네게 그렇게 보였던, 네게 그렇게 보이는, 그때
> 까지 네게 위안이 되었던, 네 가슴을 뜨겁게 달구었던 어떤
> 것, 네 존재, 네 중요성에 준하는 무엇인가에 대한 자각, 세계
> 에 속해 있다는, 그곳에 몸을 담고 있다는 느낌이 네게서 빠
> 져나가기 시작한다고 해야 할까.
> 　　너는 그럼에도 불구하고 자신들의 존재와 그 이유를, 자
> 신들이 어디에서 왔는지를, 자신들이 누구인지를, 자신들이
> 어디로 가고 있는지를 스스로에게 묻느라 불면의 시간을 보
> 내는 그런 부류의 사람은 아니다. 너는 단 한 번도 진지하게
> 달걀이 먼저인지 닭이 먼저인지에 대해 의문을 제기해본 적
> 이 없었다.(본문 21쪽)

존재하지 않는 듯이 존재해야 한다고 생각하는 것은 그러니까,

이 세계에서 살아야 하는 이유를 발견할 수 없기 때문이다. 무언가 "무너지고 있었"고, 실제로 "무언가 무너져버렸"으며, "세계에 속해 있다"는 의식 자체가 아예 사라져버린다. 그리하여, "지속된다는 느낌"을 받지 못하는 '너'는 그러나 그저 "한량이고, 몽유병환자이고, 멍텅구리"일 뿐인가? "고작해야 희뿌연 그림자 하나, 무관심으로 딱딱해진 핵核 하나, 시선들을 회피하려는 특징 없는 하나의 시선"으로만 세계에 존재해야 한다는 것인가? 중요한 것은 저 무기력과 불감증, 절망과 불면에도 불구하고, 존재론적 물음을 통해, 우리를 무작정 파탄의 구렁텅이로 빠뜨리거나, 반대로 적극적으로 그 해결에 대한 대답을 찾고자 하지 않는다는 사실에 있다. 페렉은 오로지 『잠자는 남자』에서 "존재와 그 이유"나 "어디에서 왔는지," "누구인지," "어디로 가고 있는지"를 물어올 뿐이며, 여기에 실존적 몸짓이 완전히 제거되는 것은 아니다. 다시 언급하겠지만, 마지막에 이르러 터져나오는 일련의 외침과도 닮아 있는 발화는, 그 어느 글에서보다도 절절하고 격렬한 어조로 존재의 근원과 삶의 이유를 묻는 몸부림이나 다름없다.

3. '너'는 어디에 있는가?

번호를 매겨 나누어놓지 않았음에도 『잠자는 남자』는 크게 보아 열여섯 장章으로 구분된다. 각 장의 크고 작은 이야기가 펼쳐지는 주요 무대와 공간을 살펴보자. 파리 근교에 위치한 도시 옥세르의 부모 집을 배경으로 삼은 제4장을 제외하면, 작품의 주된 장소와 주요 무대는 오로지, '너의 방'과 '네가 배회하는 파리의 거리,' '파리의 영화관이나 카페'일 뿐이다. 방은 어떤 곳일까?

네가 방으로 쓰고 있는 바로 이 창자같이 후미진 다락, 길이
이 미터 구십이 센티미터에 너비 일 미터 칠십삼 센티미터
의, 달리 말해 오 제곱평방미터를 조금 넘길까 말까 하는, 바

로 이 볼품없는 다락방 둥지, 몇 시간 전부터, 며칠 전부터,
네가 다시는 꿈쩍거리려고도 하지 않는 바로 이 지붕 밑 고미
다락이다.(본문 22쪽)

이 방에서 일어나는 사건이라고 해봐야 고작, 잠이 들까 말까 한
상태, 의식을 잃어버리기 바로 직전의 지각 현상을 기술하듯 진행되
는 말, '너'의 몽환에 기대어 풀려나오는 말이 풀어놓은 자잘한 기록
들일 뿐이다. 따라서 통사의 마디마디가 분절되며 쉬지 않고 풀려나
오는 방에 대한 묘사나, 의식의 흐름을 더듬어나가듯 진행되는 말이
피어올린 단상들이 고작해야 우리가 추적해볼 유일한 사건이다.『잠
자는 남자』의 도드라진 특징 가운데 하나는 이렇게 쉴 새 없이 전개
되는 말 그 자체에 있다. 이 무의식과 의식의 경계를 넘나드는 묘사는
때론 경쾌하게 진행되기도 하고, 때론 나열 자체를 강조하려는 데 초
점이 맞추어져 있어 단조롭고 지루한 반복에 토대를 두기도 하면서,
독특한 리듬에 따라 변주된다. 반드시 마침표로 매듭을 지어야 할 곳
에서조차 쉼표를 찍어놓아, 기이하고 낯선 문장을 조장한 것은, 장난
이 아니라, 그것이 바로 비몽사몽의 지각 상태를 표현해내는 단 하나
의 방법이라고 생각했기 때문이다. 바로 이렇게 특이한 통사법과 독
특한 리듬의 실현을 통해서, 네가 거주하는 다락방과 네가 활보하는
파리의 거리는 무관심과 무기력을 제 삶의 중심에서 배양하려는 자
에게는 그 어느 곳에도 견줄 수 없는 소중한 왕국이자 완벽한 도시가
된다. 예를 들어, 우리가 읽어야 하는 것도 바로 이 무기력과 무관심
의 리듬, 한없이 쉼표로 이어지며 끊어질 듯, 끊어지지 않고 이어지는
리듬, 매듭지어질 듯 매듭지어지지 않고 반복되고 나열되는 리듬, 저
쉼표에 의존한 무관심의 리듬인 것이다.

147

너는 그저, 그의 방이 너의 그것보다 훨씬 넓다는 것, 그가 여기저기 운신할 수 있기에, 그가 그의 창문에, 혹은 그의 침대에, 혹은 그의 문이나 혹은 그의 가구들에 손을 뻗치려면 제 몸을 움직여야만 하기에, 이런 사실을 알고 있는 것뿐이며, 이에 비해, 너는, 네 방의 중심에서, 장의자의 거의 사분의 삼가량의 높이에서, 두 발을 모으면, 창이고, 문이고, 작은 세면대고, 모퉁이의 옷걸이고, 분홍색 플라스틱 대야고, 선반이고 간에, 아니, 그 어느 지점에라도 네 양손이 닿을 수 있다.
(본문 103~104쪽)

148

아무것도 필요로 하지 않는 상태에 도달하고, 그 누구에게도 관심을 드러내지 않는 경지에 이르기 위해, 방에 처박혀 있는 것만큼 완벽한 방법이 또 어디 있겠는가. 타자가 나에게 내려놓거나 주입시킨 온갖 흔적들을 남김없이 닦아내고 덜어버려, 오롯한 나로 남겨지기 위해서라면, 방에서의 고립은 이 소설의 주인공에게는 필연적인 것이다. "네 방은 세계의 중심이다"라는 말은 바로 이러한 맥락에서 나온 것이다.

네 방은 사람이 살지 않는 섬 가운데에서도 가장 아름다운 섬이며, 파리는 어떤 사람도 그 무엇도 결코 횡단하지 않은 사막이나 다름없다. 너는 이 고요, 이 잠, 이 침묵, 이 무기력 이외에 그 무엇도 필요로 하지 않는다. 하루하루가 시작되고 하루하루가 끝난다, 시간이 흐른다, 네 입이 다물어진다, 네 목덜미의, 네 입 주위의, 네 아래턱의 근육들이 완전히 이완되어버린다, 오직 네 흉부의 오르내림만이, 네 심장의 박동만이, 여전히 네 끈질긴 생존 여부를 증명해줄 뿐이다.
(본문 45쪽)

'너'가 하는 일이란, 방의 "폭 좁은 장의자" 위로 늘어져 두 팔을 목뒤에 두르고, 물끄러미 천장을 바라보면서, 천장 위의 갖가지 더러운 얼룩을 두 눈으로 좇거나, 갈라진 틈새를 뚫어지라 주시하여 일종의 착시를 맛보는 일이 전부이다. 골방에서 세상과 담을 쌓고 지내는 것은 제 존재를 자각해낼 최소한의 신체적 반응들을 새삼 확인해보기 위해서이기도 하지만, 기실, 방 이외의 장소를 불신하기 때문이기도 하다.

『잠자는 남자』에 등장하는 또다른 주요 공간이자 무대라고 할 '파리'도 메마르고 건조하며, 부정적이기는 마찬가지이다. 이렇게 파리는 "썩어가는 도시, 구역질나는, 흉측한 도시, 서글픈 도시"이며, 그곳은 온통 "서글픈 거리들의 서글픈 불빛들, 서글픈 뮤직홀의 서글픈 광대들, 서글픈 영화관 앞에 줄지어 늘어선 서글픈 행렬들, 서글픈 상점 안의 서글픈 가구들"이 바글거릴 뿐이다. "썩어문드러진 장터들, 거대한 단지로 변신한 판자촌," "시커먼 기차역들, 싸구려 아파트들, 창고들," "대로들을 따라 길게 늘어선 음산한 맥주홀들," "소름끼치는 쇼윈도들"로 가득한 파리는 "시끌벅적하거나 아니면 기척도 없는, 창백하거나 아니면 극도로 들뜬 도시"이며, "갈라진 제 복부를 훤히 드러내고, 약탈당하고, 더럽혀진 도시"이자, "금지사항들로, 창살들로, 철책들로, 자물쇠들로 온통 뒤덮인 도시," "시체안치소–도시"와 같은 곳일 뿐이다.

'너'가 파리에서 할 일이라곤 이리저리 배회하는 일밖에 없다. "공원에서 박물관까지, 카페에서 영화관까지, 강기슭에서 정원들까지, 기차역의 대합실에서, 대형 호텔의 로비들, 모노프리들, 서점들, 화랑들, 지하철의 통로들"을 그저 목적도 없이 어쩌다 발걸음을 옮겨볼 뿐, '너'에게 파리는 새로울 것도, 신기할 것도 없는 장소이며, 따라서 호기심도, 호감도, 심지어 적의도 없는 것 같다. 언젠가 한번 보았던 것들이 파리의 또 어딘가에 전시되어 있거나, 유명 배우들이 앵

무새마냥 반복해서 사랑 타령을 지껄이는 낡은 영화가 감미로운 음악과 함께 매일같이 파리 어디선가 지루하게 상영되고 있고 앞으로도 상영되기를 반복할 뿐이라는 사실을 모르지 않기 때문이다. 파리의 거리에도 무덤덤한 표정의 사람들, 금방이라도 울음을 터뜨릴 것같은 표정의 행인들이 바쁘게 오고 또 가기를 반복할 뿐이다. 카페에앉아 그 무리를 바라볼 때는 말할 것도 없이, 그들 안에 휩쓸려 이리저리 거리를 배회할 때조차, '너'의 시선에는 관찰자의 그것 이상을 기대하기 어렵다.

150   한 쌍의 어머니와 딸, 꼬맹이들, 그물 장바구니를 든 중년의여인들, 군인 한 명, 무거운 여행 가방을 양팔에 들고 있는 한남자, 그 외의 또다른 사람들, 그러니까, 꾸러미를 들고, 신문을 움켜쥐고, 파이프 담배를 물고, 우산을 들고, 개를 끌고,배를 내밀고, 모자를 쓰고, 유모차를 밀고, 제복을 입고 있는,어떤 이는 뛰다시피 하고, 또 어떤 이는 다리를 질질 끌고, 쇼윈도 가까이에 멈추어 서고, 서로 인사를 나누고, 서로 헤어지고, 서로 추월을 하고, 서로 엇갈리는, 노인과 젊은이, 남자와 여자들, 행복한 사람들과 불행한 사람들. 끊임없이 사라지고 다시 모양새를 만든 사람들 무리……(본문 50쪽)

거리에서 '너'는 대개 이런 사람들을 마주치지만, 그들을 바라보는 '너'의 시선에서 어떤 호불호의 감정을 기대하기는 어렵다. 쇼윈도앞에서 그렇게나 자주 발걸음을 멈추어 서서, 보잘것없는 소품들을 물끄러미 쳐다보고, 그리하여 악착같이 그 세세한 면면을 묘사하는 일,그토록 고리타분한 작업을 반복하고 또 반복하는 것은, 다람쥐 쳇바퀴돌 듯 굴러가는 삶 자체가 벌써 "아무런 감흥도 불러일으키지 않"고"감동을 가져다주지도 않"는다고 생각하기 때문이다. 페렉은 지각의 분산과정을 좇으며 주변의 모든 것을 흐트러뜨리는 기법으로 타자에 대한 일체의 기대감이나 세상에 대한 희망을 하나씩 제거해나가면서, 산책이나 배회, 어슬렁거림 같은 주제를 예의 그 문체의 특징을 살려내는 방식으로 담아냈다. 쉼표로 글의 마미마디를 분절해내고 분절의 조각들을 이어붙이는 특이한 통사법에 의지해 묵묵히 적어나간 이 절망한 자의 우직한 일상의 기록을 통해 페렉은 걸출한 방식의 흐트러뜨리는(흐트러지는) 글, 즉 고유한 산문散文 하나를 성취해냈다.

4. '너'는 무엇을 하는가?

경성을 산책하면서 한없이 절룩거렸던 『소설가 구보씨의 일일』의 저
주인공이 제 자의식을 과다한 쉼표에 의지해 표출하였듯, 대도시 파리에서 "왔다갔다하는 군중의 물결을 뒤좇"으며 "밤으로, 낮으로, 길거리를 배회"하는 것을 주된 일로 삼는 『잠자는 남자』에서도 '너'의 정체성을 오롯이 드러내는 것은, 바로 이 흐트러트리는 방식의 글의 구성이다. 하염없이 배회하고 또 그것을 반복하는 이유는 단지 '너'가 모든 것을 포기했기 때문만은 아니다. 『잠자는 남자』에는 심지어 포기라는 개념조차 주어지지 않는다. 포기도, 가만 따지고 보면, 의미가 적재된 행위들 가운데 하나가 아니던가. 주시하거나, 물끄러미 바라보거나, 사념 하나가 꼬리에 꼬리를 물고 이어지도록, 저 몽롱한 상태를 허용하는 글쓰기, 그 상태를 오롯이 담아내는 문체의 특성이 중요한 것이다. 이렇게 그 어떠한 선택이나 결정도 임의로 감행할 수 없다는 도저한 판단은 작품 전반에서 특수한 문체를 통해 실현되고 있으며, 그 양태는 주로 이렇게 할 수도, 저렇게 할 수도 없는 '너'를 묘사하는 과정에서 표출된다.

너는 그 무엇도 되물리지 않는다, 너는 그 무엇도 거부하지
않는다. 너는 앞으로 나아가는 것을 그만두었다, 그러니까,

그것은 네가 앞으로 나아가지 않고 있었다는 뜻이다, 너는
다시 출발하지 않는다, 너는 도착했다, 너는 훗날 해봤으면
하는 게 뭔지도 모른다.(본문 24쪽)

반복이 중요한 주제로 부각되기 시작하는 것은 바로 이때부터이
다. '너'는 신문을 읽고 혼자 트럼프를 꺼내 "폭 좁은 장의자"에 늘어
놓기를 반복하지만, 신문 읽기나 트럼프 놀이에 필요한 것은 집중이
나 호기심이 아니다. 무의미한 기사를 한 줄 한 줄 소리내어 읽어보는
것, 패 돌리기처럼 무가치하다고 해도 좋을 행위를 끊임없이 되풀이
하기, 바로 이 반복의 과정에 하중이 실린 것은 반복적 행위가 시간을
보내는 데 매우 유용하기 때문이다. 이렇게 너는 "브리지의 게임 룰
에 맞추어 패를 돌리고, 매주『르 몽드』지에 실리는 퀴즈를 풀려 시도
해보지만" 그 일에서 벌써 목적 따위는 찾아볼 수 없다. 시간과 관습
과 통념에서 자유로이 풀려나오는 길은 오로지 시간에 대한 통념에
서 벗어나는 찰나의 순간들밖에 없다고 말하고 있는 것은 아닐까? 심
지어, 이 "혼자 치는 카드 점의 마법과도 같은" 운수 떼기 놀이의 "재
미에 푹 빠졌다"고 말할 만큼, 우리 모두는 인생의 고즈넉함이나 쓸쓸
함, 고독이나 슬픔에, 한없이 되풀이되는 저 감정의 패턴에 익숙해져
야만 한다고 말하는 것일까. 하염없이 "한 카페에서 테이블 하나를 차
지하고서, 맥주 한 잔이나, 블랙커피 한 잔이나, 혹은 적포도주 한 잔
을 마주 놓고, 거기서 몇 시간이고, 문을 닫을 때까지" 머물면서, "여
러 부류의 사람들, 푸줏간의 점원들이, 꽃장수들이, 가두에서 신문을
파는 아이들이, 흥청거리는 한 떼의 무리들이, 외로운 술주정뱅이들
이, 여자들이 오고 또 가는 것"을 물끄러미 바라보는 것으로 제 하루
의 소임을 마칠 수 있다고 생각하는 것은 필경 시간 자체에 대한 근본
적인 불신이 자리하기 때문인지도 모른다.

시간의, 하루하루의, 주週의, 계절의 저 흐름에 맞추어, 너는
모든 것으로부터 너 자신을 분리시킨다, 너는 모든 것으로부
터 너 자신을 떼어낸다. 너는, 네가 자유롭다는, 그 무엇도 너
를 짓누르지 않는다는, 네 마음에 들지도 않고 들지 않는 것
도 아닌, 일종의 취기를, 가끔이다시피 할 정도로, 발견하곤
한다. 너는, 마모되지도 않고 가벼운 흔들림도 없는 이와 같
은 삶 속에서, 트럼프나 다소간의 소음이, 네가 너 자신에게
제공하는 다소간의 스펙터클이 네게 마련해주는 이 유보된
순간들을, 매력적이고, 이따금 새로운 감동으로 부풀어오르
기도 하는, 완벽한 것이나 거의 다름없다시피 한 행복 하나
를 찾아낸다.(본문 66쪽)

행복은 이처럼 우리가 시간에 대해 가지고 있는 일반적인 개념을
죄다 취하할 때만 주어지는 소소한 선물이며, 이 선물은 매우 단순한
반복을 통해서, "다소간의 스펙터클이 네게 마련해주는 멈추어진 순
간들"을 맞이해서만 "완벽한 것이나 거의 다름없다시피 한" 상태로
잠시 동안 우리 앞에 주어질 뿐이다. 그렇다면 우리가 입 밖으로 꺼
내는 저 말은 어떤가? 최대한 적게 말을 구사할수록, "반드시 필요한
몇 마디의 말 이외에는 입에 담지 않"을 수록, 지루하고 따분한 삶에
서 "행복 하나"를 건져 올릴 개연성이 그만큼 농후해지고 그럴 조건
도 함께 마련되는 것이리라. 그런데 반드시 필요한 말이란 대체 어떤
종류의 말을 가리키는 것일까?

　―커피 한 잔,
　―여기 계산,
　―세트 메뉴로, 포도주도 한 잔,
　―맥주 한 잔,

153

　　—칫솔 하나,
　　—승차권 한 묶음.(본문 73쪽)

　'너'가 하루를 보내는 데는 고작 여섯 마디의 말로 충분한 것이다. 최소한의 말로 제 삶을 살아간다는 것은 그러나 한편, 내면에서 솟아나 한없이 맴돌고 있는 저 무의식의 말조차 삼간다는 뜻은 아니다. '너'가 '너'에게, 혹은 독자들에게 건네는, 이 내면의 말들은 『잠자는 남자』에서 오히려 그 어떤 말보다 힘이 있는 말이며, 정직한 성찰과 강력한 직관으로 일시에 삶을 꿰뚫는 말이며, 절망의 마지막 자락을 붙잡고서 토해내는 절절한 실존의 말이기도 하다. 무관심의 특성이나 무관심의 저 근본적인 동기에 관해 기술해놓은 크고 작은 대목들은 『잠자는 남자』에서, 일면, 가장 적나라하게 '너'를 드러낸, 매우 주관적인 말이며, 이때 '너'라는 이인칭은, 작가라는 일인칭과 독자라는 삼인칭, 이 양자와 상당 부분 포개어진다. 『잠자는 남자』에서 우리가 무관심에서 실존적 외침으로 이행하는 흔적들을 찾아낼 수 있는 것은 바로 이 대목들에서이다.

5. 무관심에서 실존의 외침으로

무관심은 소설에서 어떻게 풀려나오는가? 어떤 생각을 기저에 품고 있기에 무관심을 독려하는가? 무관심은 우선 "놀라움도 없는 삶"을 연장해야 하는 '너'에게는 반드시 필요한, 너를 꽁꽁 묶고 있는 일종의 강령이나 다름없는 것으로 표출된다.

　　무관심은 저 시작도 끝도 없다. 그것은 그 무엇도 뒤흔들지 못
　　할 확고부동한 상태이며, 어떤 하중이며, 어떤 무기력이리라.
　　(본문 77쪽)

너는 희망하는 법을, 착수하는 법을, 성공하는 법을, 끈질기
게 노력하는 법을 잊어버려야 한다.(본문 48쪽)

"네가 이해해야만 하는 것이라곤 아무것도 없"으며, 따라서 "오
로지 바라보기"만 해야 한다고, 명령하듯 말하는 것은, 그것이 무관
심을 성취해내는 데 반드시 갖추어야 할 조건이기 때문이다. 그런데,
우리의 물음은 근본적이어야 한다. 왜 하필 무관심인가? 그 대답이 어
쨌건, 확실한 것은 『잠자는 남자』에서 가장 흥미로운 지점이자, 주관
성이 최대한 적재된 지점, 결국 중요하다고 말할 수밖에 없는 의미심
장한 구절들이, 무관심의 동기와 원인을 말하고 있는 대목들에서 주
어진다는 사실이다. 더러 잠언의 형식을 차용해오고, 더러 직시와 직
관에 기대어 풀려나온 아포리즘과도 닮아 있는 아래의 인용문들은,
계몽된 인간, 이성적인 인간, 합리적인 인간인 우리가 그간 신봉해왔
던 모든 희망과 진보에 대한 기대를 깡그리 부정해야만 했던, 1960년
대 전쟁을 치른 유럽 곳곳에 만연했던 패배감이나 절망감이 투영된
것이라고 해야만 할 것이다.

그건, 네가 인간을 혐오하기 때문은 아니다, 네가 왜 인간을
혐오하겠는가? 왜 네가 너 자신을 혐오하겠는가? 다만 인간
종자에 속한다는 사실 때문에 참기 어려운 소란이 발생하지
않기만을, 다만 동물계 안으로 넘어들어온 이 하잘것없는 몇
걸음을 대가로 말과, 계획과, 성대한 출발이 조장해내는 저
끈덕진 소화불량을 겪지 않기만을 바랄 뿐! 그러나, 엄지손
가락이 다른 손가락과 마주하여 있는 데, 직립 자세를 유지
하는 데, 어깨에서 저 머리가 불완전하게 회전하도록 하는
데 치러야만 하는 대가가 지나치게 비싸다고나 해야 할까:
인생이라는 이 큰 가마솥, 이 화덕, 이 석쇠, 저 무수한 독촉,

저 선동, 저 경고, 저 흥분, 저 절망, 언제까지고 그치지 않을
저 구속투성이들, 만들어내고, 다시 으깨고, 게걸스레 삼키
고, 계략을 물리치고, 끊임없이 다시 착수하는 이 영원한 기
계, 네 보잘것없는 생명의 하루하루와 매 시간마저 지배하려
드는 이 달콤한 공포!(본문 37~38쪽)

네 어린 시절의 요강에서 네 노년의 휠체어에 이르기까지,
모든 의자들이 여기 있는 것이며, 제 순서를 기다리고 있는
것이다. 네 모험들은 너무나도 잘 서술되어, 가장 과격한 반
란조차 그 누구의 눈썹도 찌푸리게 만들지 않는다. 너는 거
리로 내려가 사람들의 모자를 덥석 뺏어들어 내동댕이치기
도 할 것이고, 오물로 네 머리를 뒤집어쓰기도 할 것이고, 맨
발로 활보를 하기도 할 것이고, 선언문을 찍어내기도 할 것
이고, 또 어떤 찬탈자는 지나는 길가에 대고 맘껏 총질도 해
보겠지만, 결국 아무 일도 일어나지 않을 것이다: 네 침대는
사회보호소의 공동숙소에 벌써 마련되어 있고, 네 식기는 저
주받은 시인들의 식탁 위에 놓여 있다.(본문 38쪽)

도로 내려와야만 할진대, 네가 왜 가장 높은 저 언덕의 정상
에 기어오르려 할 것이며, 일단 내려온 후, 어떻게 거기를 오
르기 시작했는지를 주절거리며 네 인생을 보내지 않으려면
너는 과연 어떻게 해야 할 것인가? 왜 너는 사는 척을 하는 것
인가? 왜 너는 무언가를 계속하려는 것인가? 네게 일어날 모
든 일들을 너는 이미 알고 있지 않은가?(본문 39쪽)

누구라도 젊은 날 한 번쯤, 아니 인생의 어느 때고 힘들고 고단한
시기에 한 번쯤 떠올려보았을 이 말들은, 지금도 세상에서 밑도 끝도

없이 제기되고 있는 존재에 대한 물음을 내포하고 있다. 세상에는 그러니까 "도로 내려와야만 할진대, 네가 왜 가장 높은 저 언덕의 정상엘 기어오르려 할 것이며, 일단 내려온 후, 어떻게 거기를 오르기 시작했는지를 주절거리며 네 인생을 보내지 않으려면 너는 과연 어떻게 해야 할 것인가"라는 지적처럼, 몹시도 허망한 질문들이 존재하는 것이며, 이런 질문들과 마주한 우리는 '그럴싸하다'는 사실 외에 다른 대답을 섬기기 어려운 것이 사실이다. 어쩌면 답변의 길이 아예 봉쇄되어 있는 것일 수도 있으며, 물음을 던졌다는 그 자체 이상을 기대하지 않을지도 모른다. 따라서 이러한 물음을 앞에 놓고서 우리는 각자 원하는 것만큼 공허한 생각을 품거나 대답을 상상해보고, 대화를 주고받기 십상일 것이다. 그러나 저 막막함에도 불구하고, 곰곰이 생각해보면, 이런 물음들은 삶을 한 번쯤 통과해 지나가야만 하는 치명적인 물음들, 즉 문제들을 내포하고 있는 물음이기도 하다. 물론 페렉이 말하고자 한 것은 이미 투척된 주사위 같은 삶이 어떤 숫자를 내보이던, 또 그 숫자가 어떤 미래를 그려보이건, 그 결과는 너무나도 뻔하다는 것, 하여, 어떤 결과든, 결과라고 하는 것을 노심초사하며 무언가를 애타게 기다리고 또 기대하는 것이 아니라, 무엇이 되었건 던져봐야 소용없다는 것, 그럼에도 던지는 시늉을 해야만 하는 우리의 처지를, 저주받아 마땅한 운명처럼 생각한 것인지도 모른다. 그래봤자, "아무 일도 일어나지 않을 것이다"라고 해놓았기 때문이다. 이처럼 삶이라는 용광로 속에서 들끓고 있는 "저 무수한 독촉들, 저 선동, 저 경고, 저 흥분, 저 절망"이 속절없이 되풀이되고 진정될 무렵에 다시 또 되풀이될 뿐이라고 해도, 또한 "일어날 모든 일들"을 우리 모두 익히 알고 있음에도, 어지간해서, 우리는 제 입 밖으로 이와 같이 자명하다면 자명하다고 할 근본적인 물음들을 발설하려고 하지 않는다. 그러나 비관과 허무에 빠져 자살이나 죽음을 권고하거나 그 행위를 탐닉할 수도 없는 노릇이다. 페렉은 그 무엇에도 얽매이지 않으며 그 무엇으로부터도 구속되지 않은 상태에서 전개되는 최소한의 행위, 이 행위를 통해서만 오로지 인간의 실존에 다가갈 수 있으며, 이는, 삶은 사실상 거개가 지루한 반복(어쩌면 지루해야만 하는 저 반복)이며, 삶에는 이러한 반복밖에 없다는 사실을 인정하는 것, 그 사실을 말로 표현하는 것이다. "너는 오히려 퍼즐의 빠진 조각이 되고 싶어" 한다거나 "치유를 의뢰하지 않을 것"이라고 감히 말하는 것은, "고작 해야 스물다섯 살이지만, 네 갈 길은 오롯이 제 윤곽을 드러내었"고, 그 "역할이, 꼬리표가 벌써 마련되어 있"다고 생각하기 때문이며, 더구나 "시간을 적으로 삼아 투쟁을 벌일 만큼 충분히 강하다고 말할 인간은 존재하지 않는다"고 믿고 있기 때문이다. 그러니 무엇을 해야 하는지, 무엇을 할 수 있는지는 이제 자명해졌다.

> 그 무엇도 원하지 않기. 기다릴 것이 완전히 없어질 때까지 기다리기. 늑장 부리기, 잠자기. 인파에, 거리에 휩쓸리게끔 너 자신을 방치하기. 도랑을, 철책을, 배를 따라 물가를 좇기. 강둑을 따라 걷기, 벽에 찰싹 붙어 지나가기. 네 시간을 허비하기. 온갖 계획으로부터, 모든 성급함으로부터 벗어나기. 욕망 없이, 원한 없이, 저항 없이 존재하기.(본문 45쪽)

모든 것이 끝났다. 이렇게 막을 내려야 할 것인가? 무관심과 무기력이 지배하는 삶, 지루하게 반복되는 그 삶에서, 함부로 확신할 수 없어, 온갖 사상과 이데올로기의 유혹에서 벗어나고자 그토록 파리를 배회했던 너, 제 방에서 쉽사리 잠들지 못했던 '너'는 결국 어디에 와 있는가?

그렇지 않다. 너는 더이상, 이 세계의, 역사가 더는 손길을 내뻗지 못했던 그 세계의, 비가 내리는 것을 더는 느끼지 못했

던, 밤이 오는 것도 더는 주시하지 못했던, 익명의 지배자가
아니다. 너는 이제 더이상, 접근하기 어려운 사람도, 맑은 사
람도, 투명한 사람도 아니다. 너는 공포를 느낀다, 너는 기다
린다. 너는, 클리시 광장에서, 내리는 비가 멎기를, 기다린다.
(본문 122쪽)

‘너’가 도착한 곳, ‘너’가 내리는 비를 맞고 서 있는 이곳은 종착점
이 아니라 새로운 출발선이다. 소설의 마지막에 이르러서야 ‘너’는 더
이상 "익명의 지배자"가 아니라고 말한다. 확신할 수도 없고 포기할
수도 없어, 깨어 있음과 잠듦의 경계에서 새로운 눈으로 세계를 주시
했던 ‘너’, 방에서, 거리에서, 영화관에서, 파리의 구석구석에서, "역
사가 손길을 더는 내뻗지 않는 세계"에서 끈질기게 인간과 인간 삶의
저 허상을 붙잡고서 힘겹게 싸운 자만이 무언가를 기다릴 자격이 있
는 것이며, 결국 그러한 자만이 무언가를 기다릴 수 있다고 생각하는
것은 아닐까? 실존의 외침은 실實로 여기에 있는 이유와, 그렇게 되
고자 할 때 함께 찾아오는 저 공포를 온몸으로 견뎌낸 자만이 낼 수 있
는 귀납과 경험의 목소리는 아닐까?

6. 울리포의 시대를 예고하는 패러디의 잔치

페렉은 1967년 3월에 울리포에 가입했다. 『잠자는 남자』의 초고를
거의 완성했을 무렵의 일이다. 따라서 마무리 과정에 첨삭을 가한다
고 해도, 울리포의 언어실험에 맞추어 작품 전반을 변형시킬 수는 없
었을 것이다. ‘너’의 파편화된 자아를 효과적으로 담아내기 위해 페렉
이 선보인, 순간의 이미지에서 출발하여 꼬리에 꼬리를 물고 연결해
나가는, 저 연쇄의 글쓰기는, 글에서 자기만의 ‘제약’을 결정하고, 그
렇게 결정된 언어의 속박과 그 속박의 규칙에 충실하고자 했던 울리
포의 이념과는 크게 상관이 없다. 그러나 프루스트의 문체를 보다 억

세게 밀어붙인 소설의 첫 대목에서, 중간중간, 잠들기 바로 직전의 예민하고 민감한 지각 상태를 반영하고자 부지불식간에 퍼져나간 도화지 위의 물감과도 같이 기록해낸 대목들에서, 페렉이 보여준 "언어를 와해시키고, 낱말들을 뒤흔들어놓은" 기법은 훗날 『실종』이나 『인생사용법』의 초석이 되었다고 말해도 좋겠다. 알파벳 하나를 제거하거나, 타이포그래피의 묘미를 살려 의미의 확장을 일구어냈던 언어적 실험은 페렉이 필경 『잠자는 남자』를 집필하면서, 절감했던 필요성의 소산일 것이다. 본격적으로 울리포식 글쓰기의 실험에 입회하지 않았다고 하더라도, 『잠자는 남자』에는 그 실험을 예고하는 실험적 글쓰기뿐만 아니라, 직접 그것을 설파하는 대목도 있다고 봐야 할 것이다. 가령, 신문을 읽는 대목, 특히 십자말풀이나 광고의 문안들, 쇼윈도 안의 엽서들을 기술한 대목은 향후 울리포 시절에 적극적으로 전개해나갈 말놀이 실험의 초벌과도 같아 보인다. 대도시의 군중을 묘사한 대목도 실험적 성격을 크게 빗나가는 것은 아니며, 잠들기 직전의 지각 상태를 묘사하고자 시도한 구절들도 난해하기 이를 데 없어 실험이라는 말에 적극 부합하는 것으로 보인다. 아래의 대목처럼 울리포 시대를 직접 예견하는 전언도 발견된다.

> 지극히 단순한 규칙에 따라 움직이는, 고작 서른 개가량의 인쇄활자의 조합으로, 매일같이, 이토록 무수한 말의 창조가 가능해진다는 사실을, 너는 또 놀랍게 여길 수도 있을 것이다.(본문 55쪽)

페렉은 "작가로서의 나의 야심은, 내 시대에 모든 문학을, 두 번 다시 내 동일한 발자취로 되돌아오거나 내 흔적을 다시 밟는 느낌을 갖지 않고서, 두루 편력해보는 것에 있다"며, 독창성과 실험을 가장 중요한 덕목으로 삼았다. 또한 그는 자신을 농부에 비유하면서, 제 글

쓰기에서 사회학적, 자서전적, 유희적, 소설적[3] 텃밭을 일구었노라고
말한 바 있다. 『잠자는 남자』는 페렉 자신의 젊은 시절의 이야기라는
점에서 자서전적이며, 전후 프랑스 사회에 팽배한 무기력과 무관심
을 반영하고 있기에 사회학적인 글이기도 하며, 말과 무의식, 기억이
나 지각에 의지해 진행한 말의 풍성한 잔치라는 측면에서 유희적이
며, 이인칭의 서사로 전체를 꿰뚫어낸 하나의 이야기라는 점에서 소
설적이라고 할 수 있겠다. 그러니까 『잠자는 남자』는 이 네 가지를 하
나의 텃밭 안에다가 심어놓은 실존과 존재에 대한 물음이라는 커다
란 나무 한 그루인 것이다.

매듭짓기 전에 『잠자는 남자』가 패러디의 산물이라는 점을 적어
놓는다. 어느 인터뷰에서 페렉은 이렇게 밝힌 바 있다.

> 『잠자는 남자』에서도 저는 기본적으로 두 작가를 이용해
> (『사물들』에서 플로베르를 차용한 것과) 마찬가지의 작업
> 을 했습니다. 그중 한 명은 카프카이며, 나머지는 허먼 멜빌
> 입니다, ……『법률서기 바틀비』라는 멜빌의 단편과 카프카
> 의 『죄, 고통, 희망, 진리의 길에 관한 명상』, 그러니까, 카프
> 카의 『일기』입니다.[4]

카프카, 멜빌 외에, 문체의 측면에서는 프루스트와 조이스, 성서
(특히 『구약』)를 빠트릴 수 없는데, 무엇보다 작품 제목 자체를 프루
스트의 『잃어버린 시간을 찾아서』 제1권의 도입부에 등장하는 "잠
자는 남자는 제 주위로 시간의 실絲, 세월과 세계들의 질서를 감고 있
다"[5]에서 차용해온 것으로 보인다. 직접적인 구절을 별도로 인용하
지 않고 문체를 흉내내어 결부시킨 작가들을 제외하고, 구절들을 그
대로 차용해온 작가들도 상당수에 이른다. 각주에 밝혀 놓은 것처럼,
다른 작가의 목소리를 삽입해놓은 것은, 텍스트란 모름지기 텍스트

161

---

3 Georges Perec, "Notes sur ce que je cherche," in *Penser/classer*, Paris: Hachette, 1985, 10~11쪽.

4 Georges Perec, "Pouvoirs et limites du romancier français contemporain," 36쪽.

5 "Un homme qui dort, tient en cercle autour de lui le fil des heures, l'ordre des années et des mondes"; Marcel Proust, "Préface d'Antoine Compagnon," *Du côté de chez Swann*, Paris: Gallimard, 1987, 5쪽.

이기 이전에 타자의 텍스트이기도 하다는 생각이 페렉에게 있었기 때문이다.

Epilogue: 번역가의 말

네가 눈을 뜨자마자, 번역의 모험이 시작된다. 너는, 유난히 무덥던 여름, 오후 다섯시 이후에는 에어컨이 꺼져버리는, 모기가 윙윙거리는, 골방에서, 아무도 없는, 환히 비치는, 네 코 위로 직각을 만들며 내리쬐는 형광등 빛 아래, 네 컴퓨터 화면 위로 나열되는, 번역되지 못할, 번역하지 못할 것이라 줄곧 이야기되어온, 심지어 번역이 불가능하다고 말해온, 어떤 글 하나, 일면, 절반은 깨어 있는 상태를, 일면, 절반은 수면의 상태를 기술한 소설 하나, 소설이라 불리기에는 다소 무리가 따를지도 모를, 프랑스 작가의, 수많은 난해 소설을, 미궁과도 같아 한없이 매력적인, 퍼즐과도 같아 좀처럼 연결되지 않는, 조르주 페렉이라는 이름의 소설가의 작품을, 그중에서도, 초창기의 삼대 걸작 중, 하나를, 상세히 말하자면, 목적어가 어디에 걸리는지, 주절이 어디까지 이어지는지, 비록 기묘한 호기심을 불러일으키지만, 관계절이 관계절을 물고 또 한정 없이 늘어지는, 어두컴컴한 방을 묘사한, 그 순간의 포착과 방에 들어가기까지를 세밀하게, 꼼꼼하게, 낯설게 기술해놓은 부분으로 시작하여, 비 내리는 광장에서 홀로 무언가를 기다리는, 너의 이야기로 끝맺게 되는, 이인칭 소설을, 고치고, 다시 고치기를 거듭하고서, 세상에 내놓는다. 너는, 네가 번역하고 있는 작품 속 '너'의 무기력과 상실감을 맛본다는, 저 거부하지 못할 매력 때문에, 번역을 진행하였지만, 한편으로는, 그 어려움에 대해 충분히 생각해보았는지, 지금에서 후회가 없지는 않은 그날의 계약에 대해, 믿을 수 없을 만큼의 놀람을 동반한, 두려움을, 다른 한편으로는, 독자들에게 선보이고자 하는, 사소하지만 개인적인 희망을 갖고 있으며, 너는, 그저 힘들었다는 말밖에 더는 할 말이 없다는 사실, 그 한마디가 의식의 저쪽에서 깜박거리는 것을 느낀다. 번역에 있어, 너는 결국 문장의 독특한 리듬을 어떻게 전달할까에 주안점을 두었을 것이며, 개개의 명사들, 장소들, 분위기 전반이 환기하는 이미지를 붙들고 늘어지고, 최소한의 주석으로 인용의 글쓰기를 밝히려고 하였으나, 번잡해지는 것을 피하고자 하는 마음이 없었던 것도 아니며, 놓친 부분도 상당하리라고, 실수는 너의 몫이라고 중얼거리다가, 또 참조한 서지를 이렇게 밝힌다.

Georges Perec, *Un homme qui dort*, Paris: Editions Denoël, 1967.

Georges Perec, *Romans & récit*, édition établie et présentée par Bernard Magné, Paris: La Pochothèque, Le Livre de Poche, 2002.

Georges Perec, *Un homme qui dort*, Texte intégral, dossier, Paris: Gallimard, folio, 1998.

감사의 말

페렉의 선집 기획에 참여하게 된 것은 전적으로 친구 김호영 덕분이다. 프랑스 유학 시절, 처음 그의 집을 방문했을 때, 책상 한구석에 펼쳐 있던, 너덜너덜하고 때묻은 『인생사용법』이 아직 눈앞에 선하다. 번역을 하고 있던 중이라는 사실을 깨달았을 때, 집에 돌아온 나는 그날 밤 좀처럼 잠을 이루지 못하였다. 문학동네의 페렉 선집 번역에 참여하게 된 것은 『인생사용법』의 번역자를 격려하고 그의 작업에 대한 내 오래된 감정을 전달하기 위해서였지만, 거기에는 한국의 독자들에게 페렉의 이 작품을 선보이고 싶은 욕망도 있었다고 해야겠다. 고맙다는 말은 그러니까 내 몫이다. 번역 기획을 적극 지지해준 문학동네의 고원효 부장, 번역 원고를 꼼꼼히 검토하고 정리해준 송지선 편집자에게 감사의 말을 전한다.

지은이 조르주 페렉Georges Perec
1936년 파리에서 태어났고 노동자계급 거주지에서
어린 시절을 보냈다. 이차대전에서 부모를 잃고
고모 손에서 자랐다. 소르본 대학에서 역사와
사회학을 공부하던 시절『라 누벨 르뷔 프랑세즈』
등의 문학잡지에 기사와 비평을 기고하면서
글쓰기를 시작했고, 국립과학연구센터의
신경생리학 자료조사원으로 일하며 글쓰기를
병행했다. 1965년 첫 소설『사물들』로 르노도
상을 받고, 1978년『인생사용법』으로 메디치 상을
수상하면서 전업 작가의 길로 들어섰으나, 1982년
45세의 이른 나이에 기관지암으로 작고했다.
길지 않은 생애 동안『잠자는 남자』『어렴풋한
부티크』『공간의 종류들』『W 또는 유년의
기억』『나는 기억한다』『어느 미술애호가의 방』
『생각하기/분류하기』『겨울 여행』등 다양한
작품을 남기며 독자적인 문학세계를 구축했으며,
오늘날 20세기 프랑스 문학의 실험정신을
대표하는 작가로 꼽힌다.

옮긴이 조재룡
성균관대학교 불어불문학과를 졸업하고 프랑스
파리8대학에서 박사 학위를 받았다. 서울대학교
한국문화연구소와 성균관대학교 인문과학연구소,
고려대학교 번역과레토릭 연구소 연구원을 거쳐,
현재 고려대학교 불어불문학과 교수로 재직중이다.
2003년『비평』지에 문학평론을 발표하면서
문학비평가로도 활동중이며, 시학과 번역학,
프랑스와 한국 문학에 관한 다수의 논문과 평론을
집필하였다. 저서로『앙리 메쇼닉과 현대비평:
시학·번역·주체』『번역의 유령들』『시는 주사위
놀이를 하지 않는다』『번역하는 문장들』『한
줌의 시』『의미의 자리』『번역과 책의 처소들』,
역서로는 앙리 메쇼닉의『시학을 위하여 1』,
제라르 데송의『시학 입문』, 루시 부라사의
『앙리 메쇼닉, 리듬의 시학을 위하여』, 필립
라르보의『스테파니의 비밀노트』, 알랭 바디우의
『사랑 예찬』, 장 주네의『사형을 언도받은 자/
외줄타기 곡예사』, 로베르 데스노스의『알 수
없는 여인에게』, 미셸 포쉐의『행복의 예찬』, 레몽
크노의『문체 연습』『떡갈나무와 개』등이 있다.

조르주 페렉 선집 3
잠자는 남자

1판 1쇄	2013년 7월 10일
1판 6쇄	2024년 10월 11일

지은이	조르주 페렉
옮긴이	조재룡
기획	고원효
책임편집	송지선
편집	허정은 김영옥 고원효
디자인	슬기와 민
저작권	박지영 형소진 최은진 오서영
마케팅	정민호 서지화 한민아 이민경 왕지경
	정경주 김수인 김혜원 김하연 김예진
브랜딩	함유지 함근아 박민재 김희숙 이송이
	박다솔 조다현 정승민 배진성
제작	강신은 김동욱 이순호
제작처	영신사

펴낸곳	(주)문학동네
펴낸이	김소영
출판등록	1993년 10월 22일
	제2003-000045호
주소	10881 경기도 파주시 회동길 210
전자우편	editor@munhak.com
대표전화	031-955-8888
팩스	031-955-8855
문의전화	031-955-1927(마케팅)
	031-955-2646(편집)
문학동네 카페	http://cafe.naver.com/mhdn
인스타그램	@munhakdongne
트위터	@munhakdongne
북클럽문학동네	http://bookclubmunhak.com

ISBN 978-89-546-2181-6 03860

잘못된 책은 구입하신 서점에서 교환해드립니다.
기타 교환 문의: 031) 955-2661, 3580
www.munhak.com